로크미디어가
유혹하는
재미있는 세상

ROK
MEDIA
로크미디어

다시 사는 재벌가 망나니 17

2022년 4월 18일 초판 1쇄 인쇄
2022년 4월 21일 초판 1쇄 발행

지은이 맹물사탕
발행인 김정수 강준규

기획 이기헌 왕소현 박경무 강민구
책임편집 김홍식
마케팅지원 이원선

발행처 (주)로크미디어
출판등록 2003년 3월 24일
주소 서울시 마포구 성암로 330 DMC첨단산업센터 318호
Tel (02)3273-5135 **편집** (070)7860-2726 **Fax** (02)3273-5134
홈페이지 rokmedia.com **E-mail** rokmedia@empas.com

ⓒ 맹물사탕, 2021

값 8,000원

ISBN 979-11-354-7668-6 (17권)
ISBN 979-11-354-9456-7 04810 (세트)

다시 사는 재벌가 망나니

맹물사탕 현대 판타지 장편소설

17

ROK MEDIA
로크미디어

Contents

1장

김보성은 양상춘의 협조를 본격적으로 얻어 볼 생각인지, 감추는 것 없이 자신이 아는 바를 일이 벌어진 시간순으로 정리해서 이야기했다.

우선 지동훈의 1차 대질신문에서 조세광의 기록이 누락된 점—이 대목에서 양상춘은 눈썹을 씰룩였지만, 끼어드는 일 없이 잠자코 들었다.

박상대가 택시 기사에게 강도 살해당한 직후, 정진건이 박순길과 함께 박상대가 당초 목적지로 삼았던 주변을 탐문한 것—그러면서 그는 택시 기사는 조광과 아무런 관련도, 박상대와 개인적인 원한도 없었음을 명시했는데, 이는 언론에 보도되었던 내용과 일치했다.

그리고 김기환이 건넨 도청 사본 카세트테이프 이야기를 꺼내자 양상춘이 종이컵에 담긴 커피를 마저 비우며 입을 뗐다.

　　"도청 기록이 있었다고요?"

　　"예. 박길태는 조성광 회장의 병실에 도청기를 설치해 두고 이를 교대 때 회수하는 방식으로 도청을 해 온 듯했습니다."

　　"……흠음."

　　양상춘은 잠시 생각하다가 입을 열었다.

　　"박길태가 조성광 회장의 면회가 가능한 위치는 아니지 않습니까?"

　　"병원 관계자들에 따르면 박길태는 조지훈의 명령으로 조성광 회장이 입원한 병실 앞 경호를 맡아 왔다고 합니다. 하루는 조설훈, 하루는 조지훈, 이런 식의 격일제로 맡아 왔다더군요."

　　양상춘은 고개를 끄덕였다.

　　대기업 회장쯤 되는 인물이 병실에 입원을 하거나 하면, 다들 으레 짠 듯 수행원을 입구에 세워 두고 부외자의 출입을 막곤 했다.

　　이때 교대로 호위를 세웠다는 건, 조광 그룹 내부에서 조설훈과 조지훈 형제가 알력 다툼을 벌여 왔단 정황의 흔적이리라.

　　"검사님, 당시에 조성광 회장의 용태는 어땠습니까?"

"지금과 다르지 않다고 들었습니다."

"……지금이라 하심은?"

"최근 중환자실로 병실을 옮겼다고 들었습니다. 그 전에도 의식이 있거나 하진 않았고요."

양상춘이 고개를 끄덕여 김보성의 말을 받았다.

"즉, 듣는 귀 없이 조용한 곳이니 혼잣말하기 좋은 장소란 거군요. 도청 기기는 손에 넣으셨습니까?"

"아뇨. 카세트테이프뿐입니다."

"도청기 모델을 알 수 있다면 좋을 텐데요. 그래도 기록 장치로 카세트테이프가 쓰였다면 상당히 컴팩트한 사이즈였겠군요. 카세트테이프가 녹음 가능한 시간은 얼추 양면 합쳐서 1시간 남짓이고……."

양상춘이 말을 이었다.

"구하기 쉬운 카세트테이프를 저장 매체로 썼다는 건 전문 장비를 쓰진 않은 모양이니, 그렇다면 박길태는 '표적'이 다녀간 직후 도청기를 회수하는 방식으로 도청을 진행했겠군요. 요즘 나오는 워크맨 정도 크기의 녹음기를 썼다면 배게 아래에 숨기기도 적당하니 말입니다."

양상춘은 짧은 단서만으로 박길태의 도청이 이루어진 방식을 금세 추리해 냈다.

"또, 박길태가 조지훈 아래서 일했다고 하면 그 표적은 조설훈일 테고요."

"예, 실제로 저희가 확보한 카세트테이프는 조설훈을 대상으로 삼은 것이었습니다."

"과연."

양상춘은 턱을 긁적이더니 픽 웃었다.

"조설훈은 보기와 달리 효자였던 모양입니다. 그중 유의미한 증거라 부를 만한 건 있었습니까?"

"대부분이 사업 통화고 유의미한 증거⋯⋯로는 개중 박상대와 통화한 정황이 담긴 것이 있더군요."

김보성은 미리 준비하고 있었다는 듯 사무실에 놓인 음향 장치로 걸어가 재생 버튼을 눌렀다.

「⋯⋯그 여자는 저희가 사람을 시켜 찾고 있습니다. 의원님께서는 안심하셔도 됩니다. 예, 이만 끊겠습니다.」

잠시 침묵 후 조설훈의 혼잣말이 이어졌다.

「이 모지리 새끼. 니놈 뒤 닦아 주는 것도 이번이 마지막인 줄 알아라.」

조설훈이 말을 이었다.

「아버지. 보십시오.」

조설훈의 목소리가 조금 더 또렷하게 들린 것으로 보아 누워 있는 조성광의 곁으로 온 모양이었다.

「제가 뭐라고 했습니까? 박상대 놈이랑은 엮이지 않는 게 좋다고 말씀드리지 않았습니까.」

　조설훈의 한숨.

「됐습니다. 이제 와서 아버지를 탓할 수는 없는 노릇이고.」

　벗어 둔 재킷을 걸치는 듯 부스럭거리는 소리.

「박가놈 호출이 왔으니 이만 가 보겠습니다.」

　이후 달각, 문이 열렸다가 닫히는 소리가 들렸고, 한참 후 부스럭거리며 목소리가 들렸다.

「x월 x일. 15시 27분.」

　박길태의 목소리일 것이다.
　새삼스러운 일이지만, 박길태의 육성을 듣는 건 양상춘이나 정진건에게 이번이 처음이었다.

그리고 딸각, 카세트테이프가 종료되었다.

"……흠. 말씀하신 것과 달리 유의미하거나 결정적인 단서는 아니군요."

양상춘의 말에 김보성은 쓴웃음을 지었다.

"그래도 둘 사이에 유착이 있었다는 정황을 증명할 수는 있습니다."

"그 정도야 통화 기록만 떼어 봐도 알 수 있지 않습니까. 뭐, 그것도 상대에게 이의 제기를 할 줄 모르는 멍청한 변호사가 붙었단 전제하의 판사님 재량이겠지만요."

"……"

퍽 직설적인 양상춘의 감상에 김보성은 떨떠름한 기분을 감추는 데 조금 애를 썼다.

그래도 이렇게 양상춘을 마주하고 있으니 김보성은 왠지 정진건이 '소개를 받고 싶다'고 한 자신의 말에 움찔했던 까닭을 알 것도 같았다.

'양상춘 박사도 어디 높은 자리에 앉긴 그른 부류로군. 뭐, 나도 마찬가지지만.'

양상춘은 김보성의 기분 따위는 하등 신경 쓰지 않으며 제 할 말을 이어 갔다.

"그래도 말미에 날짜와 시간을 덧대는 걸 보니, 박길태의 단독 행동이 아니란 건 분명하군요."

"예. 박길태는 조지훈에게 도청본을 건네기 전 따로 사본을 뜨는 방식으로 보험을 들어 놓은 모양입니다."

"그럴 여지를 제공한 조지훈은 멍청한 건지, 똑똑한 건지 모르겠습니다. 거참, 용산 상가만 좀 뒤져 봐도 좀 더 그럴듯한 도청기는 얼마든지 구할 수 있을 텐데."

양상춘은 쯧, 하고 혀를 찼다가 말을 이었다.

"어쨌건 방금 조설훈의 입에서 나온 '그 여자'는 양춘자 씨겠군요."

"……왜 그렇게 생각하셨습니까?"

"해당 날짜와 시간은 정순애의 사망 이후이고, 양춘자 씨는 비슷한 시기 집 근처를 배회하는 거수자를 피해 고향으로 내려갔으니 말입니다."

양상춘이 어깨를 으쓱였다.

"아니면 박상대가 개인적으로 마음에 둔 아가씨일 수도 있겠죠. 제 억측에 불과한 말이니 신경 쓰지 마십시오. 지금은 별로 중요한 일도 아니지 않습니까."

아니, 제법 중요한 단서 같은데.

김보성이 오디오 앞에 선 채로 물었다.

"그래도 박사님께서 양춘자 씨를 '그 여자'로 생각하셨다는 건, 방금 통화와 관련해 조설훈을 '한강 변사체 사건'의 관계자로 생각하신 것 같군요."

"그렇습니다."

양상춘은 순순히 시인했다.

"정순애 씨의 살해 수법은 우발적이고 충동적이었던 것에 반해 그 훼손의 정도며 유기한 방식은 단독범의 소행이 아니었습니다. 박상대는 아마 정순애를 살해한 뒤, 그 뒤처리를 누군가에게 의뢰했겠죠. 그런 일에 인력을 파견할 만한 사람은 대한민국에 몇 안 되기도 하고요."

"제 생각도 그렇습니다. 그동안은 그걸 증명할 방법을 찾는 중이었죠."

"그게 박상대의 어처구니없는 최후로 끝나지만 않았다면, 말이지만요."

"……예."

꼭 불필요한 한마디를 거드는군.

"그래도 이때만 하더라도 아직 여유가 있었을 겁니다."

양상춘이 깍지 낀 손을 무릎에 올렸다.

"해당 시간은 아직 시체가 강둑에 떠내려오기 전이었고, 시체가 발견된 후에도 변사체의 신원을 특정할 수 없도록 훼손을 해 두었으니까요. 저희만 하더라도 모텔에서 박강선 소년을 찾지 못했더라면 대조할 유전자를 찾지 못해 변사체의 신원이 누군가 하는 걸 특정하기 어려웠을 테지요."

그는 빙긋 웃으며 덧붙였다.

"아, 우리의 강하윤 형사님이 물고기 배 속에서 반지를 찾아 주신 것도 빼놓을 수 없겠군요."

이후 양상춘은 다시금 담담한 말씨로 말을 이었다.

"어쨌건, 이 시점의 두 사람은 박강선의 존재를 알지 못했을 겁니다. 아니, 좀 더 정확히는 정순애 씨가 박강선을 한국에 데리고 왔으리란 생각을 못 했거나…… 그녀가 그 사실을 감췄겠죠. 만일 알았더라면 '그 여자'를 찾는 대신 무슨 수를 써서라도 박강선을 먼저 확보하려 혈안이 됐을 테니 말입니다."

김보성이 고개를 끄덕였다.

양상춘의 말마따나 박강선이 한국에 있다는 걸 알았다면 응당 그 수색에 열을 올렸으리라.

하지만 결과적으로 박강선은 모텔 주인이 방을 찾아볼 때까지 며칠간 홀로 방치된 채 그곳에서 지냈다.

또 조설훈이 양춘자의 집을 찾았을 때만 하더라도 그들은 그녀를 겁박하는 대신, 멀리서 지켜보기만 했다.

그렇게 시간을 번 덕분에 경찰은 박상대 측이 개입하기 전에 변사체의 신원을 파악할 단서를 확보할 수 있었지만, 언론에서 떠드는 '검찰의 무능한 대처'로 인해 박상대를 제때 기소할 수 없었다.

박상대가 광수대의 품으로 왔을 땐 싸늘한 주검이 되어 있었던 때였으나, 그걸 두고 오롯이 검찰의 무능한 대처 때문이라고만 하면 김보성은 다소 억울했지만 말이다.

'구속영장 심사가 넣기만 하면 나오는 것도 아닌데.'

그렇다고는 하나, 어느 날인가 안기부 사람이 넌지시 던진

말처럼 '신념대로 밀어붙'였더라면, 아니 그때 좀 더 강하게 나갔어야 했다고 김보성은 뒤늦은 후회를 했다.

'누군들 박상대가 그런 어처구니없는 죽음을 맞았을지 알았겠어.'

차라리 그대로 박상대가 해외 도피를 했더라면 그나마 욕을 덜 먹었을 텐데.

지나간 일을 후회해도 소용없다.

양상춘이 말을 이었다.

"어쨌건 이후 한강 둔치로 변사체가 떠내려왔고, 저희는 신원을 특정해 냈습니다. 그리고 얼마 지나지 않아 박길태가 살해당했고요."

양상춘은 김보성을 물끄러미 바라보았다.

"검찰 측의 공식적인 견해는 아직도 김수영이 박길태를 살해했단 입장입니까?"

"아직까진 그렇습니다."

"……하긴, 검사님 말씀처럼 무죄 추정의 원칙에 근거하고 있다면 목격자의 위증을 입증하긴 어려운 일일 테니까요. 하지만 상황은 박길태가 조지훈의 명령으로 도청을 해 왔고, 그 도청 사본을 개인적으로 가지고 있었다는 데 이르렀습니다. 지동훈의 위증을 입증하는 건 여기서부터 출발해야겠군요."

그 뒤 양상춘이 정진건을 힐끗 쳐다본 뒤 말을 이었다.

"여기 오기 전에 들었습니다만, 지금은 조세광을 유력한 용의자로 생각 중이시라고요."

"예. 그것도 정황상 그러지 않을까, 저희끼리 추정 중인 일이지만요."

"그건 광수대 내부의 내통자가 의도적으로 조세광을 배제한 것에 근거한 겁니까?"

이번에도 직설적이군.

방금 전엔 의도적으로 흘려 넘겼던 이야기의 의미를 해석해 꺼내 든 양상춘을 보며 김보성은 쓴웃음을 지었다.

"예. 만일 조세광이 박길태를 살해한 것이라면, 지동훈의 입막음을 하고 조설훈과 조지훈이 다시 손을 맞잡을 정도의 사유가 된다고 생각했습니다."

김보성의 말을 들으며 양상춘이 턱을 긁적였다.

"그런데 왜 조세광이 박길태를 죽인 걸까요? 그날 일진이 사나웠던 데다 태양이 너무 뜨거워서 그랬을 리는 없고 말입니다."

"……."

"까뮈의 이방인을 인용한 농담입니다만."

"압니다. 하지만 조세광이 뫼르소란 생각은 들지 않아서요. 박길태도 아라비아 청년이 아니고."

정진건은 자신이 모르는 이야기를 주고받는 김보성과 양상춘을 보면서 저 두 사람, 의외로 쿵짝이 잘 맞는 것 같단 생각을 했다.

얼굴에 웃음기라곤 없는 김보성을 대신하기라도 하듯 양상춘이 씩 웃었다.

"그래도 그만큼 박길태의 살해 경위가 충동적이고 우발적이었단 건 분명하죠. 오히려 애당초 총기는 박길태의 것이었으니 말입니다."

양상춘이 말을 이었다.

"오히려 주목해야 할 점은 조세광이 박길태를 살해할 만한, 아니 현장 자체는 충동성과 우발성이 다분했으니 조세광이 박길태와 인적 드문 야산에서 만나야만 했을 동기겠군요. 박길태와 생면부지에 가까울 조세광이 그를 불러낼 만한 일이라……. 단순한 협박? 경고? 보복성 조치? 효심에서 비롯했으려나요. 감히 조부의 병실에 함부로 도청기를 설치했을 뿐만 아니라 부친의 사적인 대화를 몰래 들었단 것이 괘씸해서?"

"박사님께선 조세광이 도청기의 존재를 인지하고 있었다는 부분을 전제로 사용하시는군요."

"그렇지 않으면 그 상황에 조세광이 박길태를 불러내야할 이유가 없으니까요. 저희가 가진 정보의 범주에선 말입니다."

사건 자체에만 관심이 있을 뿐 동기에는 관심을 두지 않는 양상춘이었지만, 지금은 그게 필요하단 걸 그도 이해하는 걸 보니, 정진건은—스스로도 이상하다곤 여기고 있지만—그런 양상춘의 때 아닌 성장(?)이 퍽 대견스러웠다.

양상춘은 텅 빈 종이컵을 쳐다보았다.

"조세광이 범인이라는 전제하에서, 조세광이 박길태를 호출했단 것은 분명합니다. 박길태 역시도 어쩌면 조세광이 도청기와 관련해 자신에게 물리력을 동반한 보복성 조치를 가할지 모른단 생각을 한 모양이더군요. 이 자리에는 없지만 이번에도 큰 공을 세우신 우리의 강 형사님이 근처에서 만화책을 발견하지 않았습니까? 박길태는 그걸 복대 삼아 두르고 갔고……."

양상춘이 손가락을 권총 모양으로 만들었다.

"덤으로 애지중지하던 총까지 챙긴 거죠. 그게 콜트는 아니었지만 어쨌든 총알은 만인 앞에 평등한 법이니까요."

"그렇다면 박길태는 조세광에게 역습, 또는 선공을 가할 생각이었을까요?"

김보성의 말에 양상춘은 고개를 저었다.

"그렇지는 않을 겁니다. 박길태의 행동은 합리적이지 않죠. 그가 만화책과 리볼버를 챙긴 건 부적의 역할을 한 것에 불과할 겁니다. 제가 프로파일러는 아니지만 만화책으로 배를 가린 것이 고작일 만큼 소심한 박길태에게 그럴 배짱이 있을 거 같지는 않군요."

"……."

생각에 잠긴 김보성을 보며 양상춘이 어깨를 으쓱였다.

"뭐, 이것도 어디까지나 보내 드린 소견서처럼 제 억측에 불과한 이야기입니다."

또, 또 그런다.

하긴, 양상춘은 구질구질하리만치 뒤끝이 있는 사람이니까.

거기서 정진건이 끼어들었다.

"검사님, 박길태의 유류품 중에 파손된 카세트테이프가 있지 않았습니까?"

정진건의 말에 양상춘이 맞장구를 쳤다.

"맞아. 박길태의 안주머니에 박살 난 카세트테이프가 하나 있었지. 아, 자네는 그러면……."

정진건은 고개를 끄덕인 뒤 말을 이었다.

"저는 그 카세트테이프가 가장 최근의 도청 사본이라고 생각합니다."

"오."

이번에도 양상춘이 맞장구를 쳤다.

"하긴, 박길태는 그날 이후 머리에 바람구멍이 났으니 도청을 하고 싶어도 할 수 없었을 테니까 말이야."

듣고 보니 이죽거리는 건지 맞장구였는지 모를 말이었다.

잠자코 이야기를 듣고 있던 김보성은 다시 자리로 돌아와 의자에 엉덩이를 붙였다.

"분명 박길태의 유류품 중에는 파손된 카세트테이프가 있었죠. 훼손이 심해 재생이 불가능하다고 들었습니다만."

양상춘이 고개를 끄덕였다.

"예. 어떻게 복원을 해 보려 해도 노이즈가 심해 내용을 알 수 없었죠. 최소한 음악은 아니었단 정도만 알 수 있었을 뿐입니다."

정진건은 양상춘의 말이 끝나길 기다렸다가 다시 입을 뗐다.

"저는 조세광이 도청기를 손에 넣은 뒤, 도청기를 설치한 장본인인 박길태를 호출한 것이라고 생각했습니다. 또, 그건 박길태에게 해코지를 하려 부른 것은 아닐 겁니다."

김보성은 잠시 생각에 잠겼다가 고개를 끄덕였다.

"그러면 즉, 조세광은 자신이 알고 있는 정보를 바탕으로 박길태를 협박해 무언가를 성취하려 한 겁니까?"

"예. 제 생각은 그렇습니다."

양상춘이 끼어들었다.

"잠깐만."

"왜?"

"만약 조세광이 양상춘에게 도청 카세트테이프를 건넨 것이라고 한다면 몇 가지 짚고 넘어갈 게 있어."

정진건은 '조세광이 준 것'이라는 걸 자연스럽게 떠올린 것에 불과했지만, 양상춘은 그 점을 다시 짚고 넘어가려는 듯

했다.

"물론 이건 조세광이 박길태를 죽였다고 가정할 때의 일이 지만, 첫째. 조세광은 어떻게 도청기를 손에 넣었는가."

"……그야 조부의 병문안을 갔다가…… 우연히 발견했겠지."

정진건은 그 말에 대답하면서 무언가 머릿속에서 턱 하고 걸리는 게 있다는 걸 느꼈지만, 그 의문점을 떠올리기 전에 양상춘의 말이 이어졌다.

"뭐, 좋아. 그 부분은 다음에 짚어 보기로 하고. 둘째, 조세광은 어째서 박길태의 시체에서 카세트테이프를 회수하지 않았는가?"

"……."

듣고 보니 그 부분도 마음에 걸렸다.

양상춘은 고개를 돌려 김보성을 보았다.

"또 만약 박길태의 품에 있던 것이 최신 사본이라고 가정한다면 두 가지 가설이 나오게 됩니다."

양상춘은 손가락 두 개를 펼쳤다.

"하나는 그것이 처음부터 박길태의 것이었다는 것이고, 다른 하나는 예의 제3자가 가져온 것일 거란 것."

그야 당연히 박길태 것이 아니면 조세광이 가져온 물건이 겠지.

하지만 그 당연한 이야기에서 양상춘은 '조세광'을 언급하는 대신 굳이 '제3자'를 들먹였다.

사소한 차이였지만 어째서 그랬는가 묻기도 전에 양상춘은 진지한 얼굴로 말을 이었다.

"여기서 '처음부터 박길태의 것이었다'는 가정에서 출발한다면 그는 조세광과 어떤 거래를 하려 했단 것이 될 수도 있습니다. 해당 녹취 기록이 누군가에게는, 아마도 조설훈일 겁니다만, 중대한 아킬레스건으로 작용할 수 있었단 의미겠죠. 인생을 걸고 베팅을 해 볼 정도로 말입니다. 하지만 박길태처럼 '신중한' 인간이 그런 대담한 일을 벌일 거라고는 생각되지 않고…….”

양상춘은 말한 스스로도 미심쩍다는 듯 턱을 긁적였다.

"하지만 박길태의 것이었다……라는 가정에서 출발하면 조세광이 카세트테이프를 회수하지 못한 이유는 완성됩니다. 조세광은 박길태가 카세트테이프를 가지고 온 줄 몰랐다는 것으로 간단히 정리되죠.”

정진건이 떨떠름해하는 얼굴로 끼어들었다.

"단순히 회수하는 걸 깜빡했다는 걸 수도 있지 않겠나?”

"……그것도 고려는 해 보지. 현장 자체도 다분히 충동적이었으니까.”

양상춘은 시큰둥하게 말을 이었다.

"다음으로 제3자. 아, 여기서 제3자라 함은 조세광을 의미하는 것이 아닙니다.”

거기서 김보성이 눈을 가늘게 떴다.

"그렇다면 박사님께선 지금, 박길태와 김수영을 살해한 게 조세광이 아닐 거란 말씀이십니까?"

양상춘이 고개를 저었다.

"아뇨. 박길태와 김수영을 죽인 건 정황상 조세광이 맞을 겁니다."

"……."

그러면 이제 와서, 그 일에 공범이 존재했다?

양상춘은 생각을 정리하는 듯 잠시 뜸을 들였다가 고개를 들었다.

"종이와 펜 좀 빌려주시겠습니까?"

"아, 예. 물론이죠."

김보성은 자리에서 일어나 이면지와 볼펜을 챙겨 양상춘 앞에 놓았다.

양상춘은 종이 위에 '옷'이라는 글자—아니, 글자라고 생각했더니 사람 그림이었다—여러 개를 그린 뒤, 마주 선 두 사람 머리 위에 각각 조세광과 박길태란 이름을 써넣었다.

"일단 가장 큰 전제를 하나 짚고 가죠. 원래 계획대로라면 거기서 박길태가 죽을 일은 없었다."

양상춘이 박길태에 동그라미를 그렸다.

"저는 일단 박길태와 김수영의 죽음은 불행이 겹쳐 발생한 일이라고 생각하겠습니다. 조세광도 처음부터 박길태를 죽일 생각은 없었으며, 방금 검사님이 말씀하신 대로 조세광은 박길태를 협박하려고 했을 뿐이었다고."

그다음, 양상춘은 박길태와 동떨어진 곳에 조지훈을 그린 뒤, 그 위를 볼펜으로 툭툭 두드렸다.

"그 협박 중에는 조지훈이 가지고 있는 다른 도청 기록을 가져오라는 것이 있었을 겁니다."

김보성이 눈을 지그시 감았다가 떴다.

"박길태에게는 부담이 되는 일이겠군요."

"예. 설령 그게 무산된다고 하더라도 일단 박길태가 따로 챙겨 두었을 사본을 가져오란 말 정도는 했겠죠. 그때까지 만 하더라도 조세광은 '평화적으로' 일을 해결하려고 했을 겁니다."

협박이 평화적인 건 아니지만, 피를 보는 일에 비해선 상대적으로 그런 편이니까.

김보성이 턱을 긁적였다.

"예, 뭐. 애당초 총기 주인도 박길태였던 것 같고요. 그런 데 그걸 '평화롭게' 처리하려고 한 연유는 뭐라고 생각하십 니까?"

그 말에 양상춘은 씩 웃으며 조지훈 그림 위에 네모를 그 렸다.

"섣불리 건드렸다가 다른 내용이 새고 말면 큰일이지 않겠 습니까."

"……아. 과연."

김보성이 고개를 끄덕였다.

"만약 조세광이 '도청기'를 손에 넣은 거라면 당일 녹취 기록만 가지고 있을 뿐, 다른 날짜 물건은 가지고 있지 않을 테니까요."

"예. 다른 날 어떤 도청 내용이 있었을지 모르는 이상, 그 전체를 가지고 있는 조지훈을 자극할 필요는 없다고 생각했겠죠. 박길태에게 사본을 가져오라고 했을 거란 것도, 조설훈에게 약점이 될 만한 것이 없는지 미리 알아보려는 의도가 있었을 겁니다."

"……즉, 그와 동시에 조세광은 박길태를 이중간첩으로 만들고자 했다."

"그렇습니다. 조세광 역시도 배후에 조지훈이 있다는 걸 알고 있을 거고, 내용을 알기 전에는 섣불리 조지훈을 만나려 생각하지 않았을 겁니다. 동시에 박길태는 그 시점에 어떤 방식으로든 도청기를 손에 넣지 못한 상태였을 겁니다. 중간에 누군가 빼돌렸으니 말입니다. 그렇다는 건 다시 말해서 조지훈에게 보고해야 할 사안이 누락되었다는 의미니까요. 박길태를 이중 스파이로 써먹으려면 일단 '무해한' 카세트테이프를 돌려줄 필요가 있었던 거죠."

양상춘이 말을 이었다.

"그리고 만약 달리 해가 될 내용이 없다고 판단될 경우,

이중 스파이인 박길태를 이용해 역으로 함정을 파거나 아니면 조지훈과 딜을 해 볼 작정이었을 거란 게 제 생각입니다."

김보성이 고개를 끄덕였다.

"과연. 그렇게 생각하면…… 아까 전 부정하셨던 '조세광이 도청 사본을 박길태에게 건넸다'는 이유 하나는 충족되는군요."

그 말에 양상춘은 정진건을 힐끗 살폈다.

"완전히 부정한 건 아닙니다. 단순히 깜빡했을 수도 있으니까요. 현장에 조세광이 있었단 것도 부정하진 않았습니다."

쓴웃음 짓는 정진건을 보며 양상춘도 쓴웃음을 지었다.

"하지만 어쨌건 조세광은 박길태의 입장을 고려하지는 못한 모양이더군요."

그건 정진건도 생각한 바였다.

"'궁지에 몰리면 쥐도 고양이를 문다'는 겁니까?"

김보성의 말에 양상춘은 고개를 끄덕였다.

"예. 거기서 사건의 비합리성, 그러니까 우발적인 몸싸움과 총격으로 이어졌겠죠."

"아직 어려서 그런가……. 거기까지 수를 쓴 조세광답지 않군요."

양상춘이 입가에 드리운 쓴웃음을 거둬 진지한 표정을 했다.

"그 모든 게 조세광의 생각이었다면 그렇겠죠."

"……예?"

"여기서, 한 가지 짚고 넘어가야 할 건 조세광이 어떻게 도청기를 손에 넣었는가 하는 점입니다."

양상춘은 짚고 넘어가야 할 첫 번째로 돌아왔다.

"검사님께서 들려주신 도청 내용을 들어 보니, 박길태는 조설훈의 면회가 끝나자마자 약간의 텀을 두고, 아마 조설훈이 엘리베이터를 타고 내려갈 때까지 기다린 거겠지만요. 곧장 도청기를 회수해 왔습니다."

"……."

"그렇다는 건 다시 말해, 조세광은 조설훈과 거의 동시에 조성광의 병문안을 갔다는 것이 되는데, 저는 이 부분이 걸리더군요."

생각해 보니 그랬다.

박길태는 김보성이 들려준 도청 녹취 기록에서 조설훈이 떠나자마자 도청기를 회수해 왔다.

또한 카세트테이프의 재생 시간을 고려해 보면 박길태가 도청기를 설치한 것 역시 조설훈이 오는 시간에 맞춰 설치했을 것이다.

양상춘이 말을 이었다.

"그래서 저는…… 사안을 논리적으로 생각했을 때, 이 일을 계획한 배후에 조설훈이 있었던 건 아닌가, 생각했습니다."

양상춘의 견해는 듣기에 제법 그럴듯했음에도 불구하고

김보성은 어처구니없는 추론이라는 듯 인상을 찌푸렸다.

"그건 아닐 겁니다."

"예? 왜죠?"

"아무리 그래도 아들에게 그런 일을 시키는 아버지는 없습니다."

"……그렇습니까."

양상춘은 '고작 그런 것'으로 자신의 논리가 부정된 것을 다소 언짢아했지만, 김보성의 단호한 태도를 보고 한 수 접기로 한 듯 입을 꾹 다물었다.

하지만 정진건 역시 자식을 둔 입장에 김보성의 생각에 동의하는 바였다.

'정상적인 아버지라면 자기 자식을 그런 일에 엮고 싶어 하지 않는 법이지.'

양상춘이 머리를 긁적였다.

"끙, 그게 아니라면 정말로 우연히 시간이 맞아떨어지거나 조성광 회장이 건넸단 것 말고는 답이 없는데……."

양상춘은 종이 위에 'χ'를 적어 놓곤 골똘히 생각에 잠겼다가 아차, 하며 고개를 돌렸다.

"아, 검사님, 혹시 사건이 있던 날짜 근간의 병문안 기록 같은 건 없습니까?"

"……요청 중입니다."

"……아, 예."

조성광이 입원해 있는 삼광종합병원은 사설 기관이다 보
니, 어지간해선 허가가 떨어지지 않을 듯했다.

'그러잖아도 조설훈을 상대로 한 영장 심사가 이루어질지
도 의문인데.'

김보성과 양상춘이 애써 말을 아낀 건 그런 의미를 함축한
것이리라.

그때, 정진건의 머릿속으로 퍼뜩 벼락처럼 한 가지 생각이
스쳤다.

"조세화."

"엥? 뭔가, 갑자기."

양상춘이 어리둥절해하거나 말거나, 정진건은 생각난 중
얼거림을 이어 갔다.

"도청기를 손에 넣은 건 조세화야."

정진건은 그렇게 중얼거리면서, 동시에 한 가지, 짧은 기
억 한 토막을 머릿속에 불러왔다.

「……세화는 여간하면 거의 매일 찾아오곤 해요. 세광이
형은 그러지 않은 것 같지만요.」

그건 다름 아닌, 얼마 전 그곳에서 '우연히' 만났던 이성진
이 했던 말이었다.

김보성이 정진건의 말을 받았다.

"조세화라면…… 조세광의 동생 말씀이십니까?"

"예. 애당초 조세광은 조성광 회장의 병문안 자체를 좀처럼 하지 않았을뿐더러……."

「실은, 세화한테 들으니까, 세광이 형은 아버지에게 크게 혼쭐이 나서 자숙하는 의미로 얌전히 지내는 거래요.」

이성진이 했던 말을 재차 떠올린 정진건이 말을 이었다.

"최근에는 조설훈에게 크게 혼쭐이 나서 자숙 중이었다고 합니다."

"흠."

김보성이 눈을 가늘게 떴다.

"그건 이성진에게 들은 겁니까?"

"예."

김보성의 입에서 나온 '이성진'이란 이름 석 자에 양상춘이 의아한 듯 정진건을 보았다.

"이성진이라면 혹시, 삼광 그룹의 그 꼬맹이 말인가?"

"응? 아, 맞아. 삼광 그룹 장손."

양상춘은 언젠가 이성진이 반지 주인을 찾는 일에 도움을 주었단 사실을 떠올렸다.

"그거 묘한걸. 이번에도 그 녀석이 끼어 있었다고?"

정진건이 고개를 끄덕였다.

"조세광과 골프 친구라더군. 그 동생인 조세화도 그런 모양이고."

"골프 친구라. 요즘 애들은 골프 같은 걸 치고 노나?"

"재벌가 자제들이니 일반적인 또래랑은 노는 방법도 다르겠지."

그사이 잠시 생각에 잠겼던 김보성이 입을 뗐다.

"그렇다면 조세화가 도청기를 손에 넣었으리라 생각하신 근거로는요?"

"예. 반면 조세화는 거의 매일 조성광 회장의 병문안을 했다고 합니다."

"……그렇다면 '우연히' 조설훈과 조세화의 문병이 겹쳤던 모양이군요. 가능성은 있어 보입니다."

양상춘이 턱을 긁적였다.

"예. 병문안을 좀처럼 하지 않는 조세광이 도청기를 손에 넣었다는 것보단 조세화의 손에 들어갔단 것이 확률상 가능성이 타당하겠지요. 검사님 말씀대로 조설훈이 '아들에게 그런 일을 시키지 않는다'면 말이지만 말입니다."

양상춘은 조설훈이 사건의 배후에 있었으리란 가설을 아직 포기하지 않은 듯했다.

"그러면 조세화가 도청기를 손에 넣은 것이라고 가정할 경우, 조세화는 어째서 그걸 조설훈에게 알리는 대신 조세광에게 이를 알린 걸까요?"

"……."

김보성과 정진건은 뚜렷한 답이 없는 질문에 입을 다물었고, 양상춘은 그런 둘을 보며 어깨를 으쓱였다.

"돌고 돌아 원점이군요."

"……아뇨. 그렇지만은 않습니다. 왠지 알 것 같군요."

김보성은 양상춘의 말을 부정했다.

"저도 정 형사님 생각에 동의합니다. 도청기를 손에 넣은 건 조세화일 겁니다."

"이후 뭔가, 조세화의 신변에 변화라도 있었습니까?"

김보성이 고개를 끄덕였다.

"예. 박길태 사후, 조성광 회장의 병실 앞 경호 시스템이 바뀌었습니다. 기존엔 조설훈과 조지훈 각각이 병실 앞에 자신의 사람을 배치해 두는 것으로 경호를 맡아 왔으나, 박길태 사후 얼마 지나지 않아 현재는 새로이 경비 업체를 신설하여 업체에 맡기고 있습니다."

김보성이 잠시 뜸을 들였다가 말을 이었다.

"그리고 해당 경비 업체의 대표는 조세화고요."

"……호오."

양상춘이 씩 웃었다.

"과연. 조세화는 그 상황에 가장 큰 이득을 본 인물이었군요. 이거, 잔망스럽다 못해 아주 영악한데요?"

김보성이 쓴웃음을 지었다.

"당시만 하더라도 그걸 의도하진 않았을 겁니다. 박길태가 죽은 건 우발적이고 우연적인 요소가 겹쳐 발생한 사건이지 않습니까?"

"그렇다곤 해도 '결과상으론' 비슷한 결론을 향했을 것 같습니다. 신설된 경비 업체의 대표가 조세화냐 조세광이냐 하는 차이만 있을 뿐이겠죠."

말을 마친 양상춘은 잠시 생각했다가 정진건에게 물었다.

"그러고 보니 방금, 조세광은 조설훈에게 크게 혼쭐이 나서 자숙 중이었다고 하지 않았나? 그게 언제쯤이지?"

"……몰라."

정진건의 담담한 대답에 양상춘이 고개를 갸웃했다.

"자네답지 않군. 자네라면 거기서 응당 '언제' 그런 일이 생겼는지를 이성진에게 물었을 거라고 생각했는데?"

"물었어. 하지만 비밀이라더군."

"……비밀?"

"음."

양상춘이 의자에 붙인 등을 뗐다.

"비밀치곤 퍽 노골적인데. 이래서야 대놓고 '저는 전부 다 알고 있어요' 하는 것과 다를 바 없지 않나?"

"아마도 그럴 거야."

정진건이 고개를 끄덕였다.

"성진이는 아마 이 일에 대해 우리보다 많이 알고 있을지도 모르지."

하긴, 이성진은 예의 반지 주인을 찾는 일에 도움을 준 만큼, 사건에 대해 꿰고 있을 가능성이 높았다.

"······그러면 지금이라도 중요 참고인으로 소환 조사를 해야 하는 거 아닌가?"

정진건은 대답 대신 김보성을 바라보았고, 김보성이 고개를 저었다.

"여기서만 하는 이야기입니다만, 당사자가 비밀로 하겠다고 마음먹은 이상 손대기 어렵겠죠."

"······그 꼬맹이가 삼광 그룹 관계자여서요?"

"무관하지 않습니다."

"······."

조광 하나만 가지고도 외압이 들어오는 판국에 삼광까지?

섶을 지고 불구덩이로 향하는 것도 유분수지.

또, 양상춘에게 말하지는 않았지만 이미 이성진은 중요 참고인으로 조사 중인 구봉팔과 도청 녹취록을 제공한 도깨비 신문 김기환 대표와도 연이 닿아 있으리란 추측 중이기도 했다.

양상춘은 떨떠름해하는 얼굴로 다시 의자에 등을 기댔다.

"이거 참······ 이래서야 조세화를 조종한 게 이성진이라고 해도 이상하지 않을 정도군요. 그러면 다시 돌아와서 조세광에게 도청기를 제공한 것이 조세화라 치고, 그 애는 대체 왜 그랬을까요?"

이번에 그 말을 받은 건 정진건이었다.

"그건 내가 생각해 둔 게 있어. 아니, 생각을 떠올린 당시엔 조세화가 아니라 조세광이 생각했을 의도지만."

"뭔가?"

"……조세광 남매는 이 일이 집안싸움으로 번지는 걸 바라지 않았단 거겠지."

정진건의 말에 김보성이 고개를 끄덕였다.

"……그럴지도 모르겠군요. 당시만 하더라도 조설훈과 조지훈 두 형제 사이는 원만하지 않달 정도가 아닌 일촉즉발의 상황이었으니까요."

정진건까지 맞장구를 치고 나오니, 양상춘은 어리둥절해했지만, 이내 이유를 알아냈다.

"아, 혹시, 유산상속으로?"

"예. 머지않은……."

김보성은 터부시되는 주제에 관해 말을 신중히 골랐다.

"……조성광 회장의 사후, 조광 그룹의 승계며 각각이 손에 넣을 지분 문제가 있었을 겁니다."

그뿐만 아니라 모두가 조성광의 죽음을 염두에 두고 있었으리라. 김보성이 말을 이었다.

"조지훈이 도청기를 설치해서 조설훈의 약점을 캐내려 한 것도 이와 무관하지 않겠죠. 그런 상황이니 그 애들 생각에

이를 조설훈이 알게 될 경우 둘 사이가 돌이킬 수 없을 지경
으로 악화되리란 생각을 했을 것이고, 애들은 애들 나름대로
이 일을 무마하고자 했겠죠."

"흠. 그러면 조세광이 박길태를 시켜 조지훈과 접촉하려
했단 것도 말이 되는군요. 박길태를 협박해 그가 따로 챙긴
녹취 사본을 챙기려 했던 것도……."

"예. 혹시 모를 불상사를 방지하고자 했겠죠. 일이 뜻대로
풀렸다면 조지훈 또한 마지못해 도청 기록을 없앴을지 모르
고요."

정진건이 끼어들었다.

"결과적으로는 그렇게 된 듯합니다. 얼마 전에 그…… 배
성준 형사도 조지훈의 부하들이 드럼통에 무언가를 태웠다
고 보고하지 않았습니까."

이 자리에서 배성준을 언급하는 것이 조금 꺼려지긴 했
지만, 그 자체는 기정사실이니 이후엔 거리낌 없이 말을 이
었다.

"지금 생각해 보니 저는 그게 조지훈이 가지고 있던 도청
기록인 것 같습니다. 마침 당시는 조설훈과 조지훈이 비공식
적인 회담을 했던 날짜와 겹치기도 하고요. 두 사람은 아마
도청 기록을 파기하는 것으로 협의가 되었을 겁니다."

"……즉, 상황이 거기까지 다다랐을 땐 그 일을 조설훈도
알게 되었지만, 그때엔 조설훈도 조지훈에게 관련한 책임을

물을 수는 없었다?"

"예. 조설훈에게는 조세광이 사람을 죽였다는 약점을 잡히고 말았으니 말입니다."

"……이런 말을 하긴 조심스럽지만 조광 입장에서는 비교적 평화롭게 형제 싸움의 막을 내린 셈이겠군요."

양상춘은 속으로 픽 웃었다.

'이건 뭐 로미오와 줄리엣의 죽음으로 두 가문이 화해를 한 것도 아니고.'

정진건이 고개를 끄덕였다.

"예. 그 결과 조세화를 중심으로 일종의 중립지대가 만들어지는 한편, 휴전협정이 체결된 듯합니다."

"……예. 원래라면 조세화가 아닌 조세광이 중심이 되었겠지만……. 조성광 회장 입장에서는 형제 싸움으로 그룹이 쪼개지지 않게 되어서 불행 중 다행이군요."

"조세광이 개입하고자 한 것도 그런 연유로 보입니다. 조광 그룹이 쪼개지면 추후 자신이 상속받을 그룹의 지분도 그만큼 쪼개지기 마련이니 말입니다."

양상춘은 두 사람이 도달한 추리의 끝을 잠자코 듣고 있었지만, 이는 어디까지나 결과에 끼워 맞춘 연역적 사고에 불과하다고 생각했다.

'그러면 마침 그때 공교롭게도 조세화와 조설훈의 병문안이 겹쳤고, 그 전까진 존재조차 모르던 도청기를 알았단 건

가? 아무리 사람 사는 일이 예측할 수 없는 것투성이라지만…….'

응?

잠자코 있던 양상춘은 거기서 생각난 바가 있어서 멈칫하더니 재빨리 끼어들었다.

"그러면 이성진은?"

"이성진?"

정진건이 눈썹을 씰룩였다.

"그 녀석이 왜?"

"아니, 생각해 보게나. 듣고 있으려니 이성진이란 꼬맹이는 그 정황을 모두 알고 있었던 모양이던데, 여기서 그 녀석은 무얼 했지?"

정진건과 김보성은 서로를 물끄러미 쳐다보았다.

두 사람은 얼마 전 이성진이 조광과 관계하면서 이번 일로 얻을 이익에 관해 이야기를 나눈 적 있었다.

하지만 그건 어디까지나 '결과적' 이익에 다름 아니지 않았는가, 하는 것이 두 사람이 도달한 암묵적 결론이었는데.

만약 이 일에 처음부터 이성진이 개입해 있었더라면, 그 상황에선 조세광이 되건 조세화가 되건 어느 쪽이건 이득을 보게 될 입장이란 것도 분명했다.

양상춘이 김보성을 바라보며 말을 이었다.

"정황상 이성진은 이때 벌어진 일 모두를 알고 있는 것처럼 보여서 말입니다. 도청기를 우연히 손에 넣게 된 조세화가 이 일의 상담역으로 이성진을 기용한 걸까요?"

"……그럴지도 모르죠."

"그거, 제법 리스크가 큰일이군요."

양상춘이 입꼬리를 올렸다.

"그 꼬맹이가 아무리 오지랖이 넓다고 하지만, 어른들이 얽힌 집안싸움에까지 낄 줄은 몰랐습니다."

"……."

뭐, 그렇긴 하지만, 애들이니 그럴 수도 있지 않을까, 하는 것이 김보성의 생각이었다.

하지만 양상춘의 생각은 다른 듯했다.

"정 형사, 이성진은 혹시 조성광 회장의 병문안을 갔던 적이 있나?"

"……아마도 갔을 거야. 나도 녀석을 병원에서 만났거든."

"상견례라도 했나……. 내 알 바는 아니지만. 어쨌건 조설훈이나 조지훈도 이성진의 존재를 인지는 하고 있었겠군."

"음. 그런 모양이야. 그날이 마침 조성광 회장이 중환자실로 병실을 옮긴 날이었고, 성진이가 조설훈, 조지훈, 조세화 등과 동행하는 걸 보았지."

"그랬군."

양상춘이 고개를 끄덕이더니 이번엔 김보성을 보았다.

"검사님, 아까 전에 말씀하시기론 '아들에게 그런 일을 시키는 아버지는 없'다고 말씀하셨습니다만, 손주에게 그런 일을 시키는 조부는 존재할까요?"

"……글쎄요."

김보성은 양상춘이 무언가를 떠올린 것이라 생각하며 말을 이었다.

"아마도 없지 않겠습니까. 듣기론 조성광 회장이 조세화를 유달리 아꼈단 이야기도 들려오고요."

"흐음."

양상춘이 다시 한번 입꼬리를 올렸다.

"그렇다면 자기 손주가 아닌 이는 아무리 어리다 해도 생판 남이겠군요."

정진건이 양상춘을 보았다.

"그래서 자네는 무슨 말을 하고 싶은 건가?"

양상춘이 어깨를 으쓱였다.

"별거 아니야. 왠지 모르게 '우연히' 비슷한 시간에 병문안을 간 이성진과 조세화가 '우연히' 도청기를 찾아냈단 것이 줄곧 마음에 걸렸거든."

양상춘이 깍지 낀 손을 무릎에 올렸다.

"그 우연이 두 번 겹치는 것보단 오히려, 만약 그때 조성광에게 의식이 있었다고 하면, 어떨 거 같나?"

당시 조성광에게 의식이 있었다?

양상춘이 방금 내놓은 가설은 얼토당토않은 것이어서, 김보성과 정진건은 잠시 멍한 얼굴로 서로를 보았다.

"잠깐."

정진건이 헛웃음을 감추며 다시 고개를 돌렸다.

"그러면 자네 말은 이 일의 배후가 조성광 회장이고, 그가 이성진에게 도청기를 맡기기라도 했다는 건가?"

농담거리도 안 된다는 듯 반박이 들어왔지만 양상춘은 그럼에도 고개를 끄덕였다.

"음. 박길태가 조설훈의 방문에 맞춰 도청기를 설치했다가 회수하는 걸 알고 있는 인물이라면, 조지훈과 박길태, 조성광 회장 세 사람이지 않나."

"……그래서 자네 말은 조성광 회장은 지금껏 줄곧 의식이 있었지만 적당한 때를 살펴 이를 감추고 있었다는 거지? 그리고 때마침 이성진이 방문했을 때, 도청기를 넘겼고."

"맞아. 그 공교로운 타이밍을 설명하려면 그것 말곤 방법이 없는걸."

정진건이 인상을 찌푸렸다.

"……어처구니가 없군."

그가 중얼거린 불평과 달리, 잠자코 있던 김보성은 양상춘의 견해가 그럴듯한지 고개를 끄덕였다.

"아닙니다. 듣고 보니 그럴 가능성도 완전히 배제하긴 어렵겠군요. 그 당시만 하더라도 조성광 회장의 용태는 '의식이 없다' 뿐이지, 뇌사 판정을 받진 않았을 것 아닙니까."

정진건이 반박했다.

"아뇨. 검사님, 병원에선 환자에게 의식이 있는지 여부를 검사하지 않습니까?"

"이를 가족에게만 알리지 않았을 뿐이지, 조성광에게 의사결정권이 있고 이를 알리지 말란 부탁을 했다면 의사로선 응당 환자의 말을 따라야지요. 더욱이 그는 VVIP 환자가 아닙니까."

"……."

"그게 아니면 잠시 잠깐 의식을 되찾은 순간이 있었겠죠."

정진건이 눈을 가늘게 떴다.

"말씀하시는 것이 왠지 결론을 내려 놓고 그 방향으로 나아가시는 것 같습니다만."

그 말과 어조는 예의에서 벗어난 것이었지만, 김보성은 아랑곳하지 않고 담담히 정진건의 말을 받았다.

"저는 어디까지나 가능성을 배제하지는 말잔 의미에서 박사님의 의견에 동조했을 뿐입니다."

김보성이 잠시 뜸을 들였다가 말을 이었다.

"물론 저 역시 양상춘 박사님의 견해에 완전히 동의하는 건 아닙니다. 그러나 선입견에 갇혀 이번 사건을 바라보게 되면 박길태의 죽음에 조세광이 관여했다는 것부터 재검토에 들어가야 하지 않겠습니까."

김보성이 정진건을 보았다.

"오히려 저로선 이번 일에 이성진이 개입했다는 것이 조세화와 조세광 둘이서 모든 걸 획책했다는 것보단 타당성이 높아 보이는군요."

"……."

"또한 그런 연유로 당일 녹취 기록본에 조성광의 육성이 담겨 있었다면, 그건 설령 조세광이라 할지라도 그 자체가 조지훈을 견제할 수단으로 충분했을 겁니다. 거기에 어떤 내용이 담겨 있었느냐에 따라선 더더욱 말이죠."

정진건은 입을 다물었다.

그래, 어쩌면 자신은 이성진이 관찰자 이상으로 깊이 개입되어 있으리란 생각을 회피하고 있는 걸지도 모른다고 생각했다.

생각할수록 사건의 중심, 폭풍의 눈 한가운데에는 이성진이 자리하고 있다는 가정을 떨치기 힘들었다.

김보성과 단둘이서 대화를 나눌 때도 나온 이야기이지만, 이번 일에서 이성진은 아무런 일도 하지 않은 것처럼 보이면서도 한편으론 모든 일에 관여해 있기도 했다.

그나마 수사 중인 구봉팔과는 유착이 없을지도 모른다는 것만이 위안거리일 뿐, 그마저도 구봉팔이 이사장으로 앉아 있는 새마음아동복지재단을 통하면 전혀 인연이 없는 사이는 아닌 것이다.

'……그래도 설마하니 장소 수배까지 도움을 주었으리라

고.'

정진건은 마지못해 한 걸음 물러섰다.

"검사님."

양상춘이 목소리에 힘을 주었다.

"상황이 이러니, 조설훈, 조세화, 이성진 세 사람이 병문 안을 했다는 기록 정도만 구할 수 있어도 되지 않겠습니까? 조성광 문병 기록 전체도 아니고, 단 하루입니다."

"……."

"또 거기에 이성진으로부터 시인을 받아 낼 수 있다면, 그리고 조세광이 박길태와 만난 시간의 알리바이와 정황을 끌어낼 수만 있다면 이 사건은 해결됩니다."

김보성은 곰곰이 생각하다가 고개를 끄덕였다.

"알겠습니다. 그러면 해당 날짜를 역산해서 그날의 병문 안 기록을 수배해 보겠습니다."

김보성은 결심을 마쳤다.

이미 주사위는 던져진 지 오래고, 강을 건넌 건 애저녁의 일이었다.

더군다나 불과 얼마 전, 총장으로부터 지방 좌천이 확정되었단 소식을 전해 들은 차였다.

잃을 것도, 이 일로 인해 반전을 꾀할 생각도 없었다.

"또한, 동시에 조세광을 중요 참고인으로 소환하겠습니다."

그는 그저, 지금은 검사로서 해야 할 일을 할 때라고 여겼다.

처음에는 그냥 적당히 시간이나 때울 겸 나온 길이었다.

조세광은 그에게 '기밀을 누설한 놈'을 찾으라고 명했지만, 그것도 적당히 자리가 무르익어야 가능한 이야기였다.

'옘병, 이 나이에 애새끼 심부름이나 하고.'

장건후는 쓴웃음을 지었다.

게다가 조세광의 생각대로 일이 풀릴지도 의문이다.

'나한테 적당히 눈치만 줄 것이지. 오늘 직접 찾아와서 지랄만 안 했어도 찾아낼 수 있었을 거다.'

폐가에 가까운 건물은 적당히 청소가 끝났고, 50리터짜리 쓰레기봉투만 몇 개가 나왔다.

이후 장건후는 '니들끼리 알아서 놀아라' 하고 돈을 쥐여 준 채 자리를 피해 준 것인데.

놈들이 적당히 얼큰해지고 여자를 부를 일이 있을 때 믿을 만한 애들을 붙여 둘 생각이었다.

베갯머리에선 응당 이런저런 허세 섞인 이야기가 흘러나오기 마련이니까.

그러잖아도 여자를 불러 볼 생각인지, 침실 청소에 유독

공을 들이더라고 생각했다.

장건후가 담배나 한 대 피우려 담뱃갑을 툭툭 두드리고 있을 때, 삐삐가 울렸다.

설마 조세광인가 해서 번호를 확인했지만, 조세광은 아니었다.

'파라오 단란주점……. 8282?'

이 이른 시간부터 진상이라도 나타난 건가.

장건후는 떫게 웃으며 담뱃갑을 도로 안주머니에 넣었다.

암만 전국 조폭이 싸그리 정리된 이후의 시대라지만 어디에나 그림자는 있기 마련이었다. 더욱이 썩어도 준치라고, 지금은 조그만 회사의 낙하산으로 앉아 있으면서 조세광 뒷바라지나 하고 있지만 조직도 장건후쯤 짬이 찬 인물들에 한해선 '선'을 넘지 않는 범위 내에서의 활동은 알음알음 묵인하고 있었다.

한탕 뛸 때마다 목돈이 손에 들어오곤 하던 건달들이 예전 씀씀이를 놓을 수 있을 리 없다.

불만이 터지지 않게 하려면 어느 정도 숨통을 틔워 줄 필요가 있었고, 장건후 역시 예전 같으면 쳐다보지도 않을 푼돈이지만 월세며 자동차 보험료 따위를 내려면 그런 일이라도 해야 했다.

그런 상황에 장건후는 그간 쌓아 온 자신의 인맥과 명성(?)을 이용해서 조그만 사업을 하고 있었는데, 밤에 일을 하는 몇몇 업주들에게 약간의 편의와 안전을 보장해 주며 의무를 다하는 권리를 행사하는 그런 일이었다.

'기분도 썩 좋지 않은데, 가서 몸이나 풀까.'

그래서 장건후는 가벼운 마음으로 발걸음을 했던 것이다.

"장 사장님."

입구에서부터 담배를 피우며 서성이던 파라오 단란주점 사장이 장건후를 보자마자 한달음에 달려왔다.

"감사합니다, 일찍 오셨군요. 헤헤."

"응, 근처에 있다가……. 무슨 일이야?"

장건후의 말에 사장은 후우, 한숨을 내쉬며 대답했다.

"마수걸이인데 재수 옴 붙었습니다. 웬 전라도 사투리 쓰는 촌놈이랑 풋내기가 와서 깽판을 놓지 뭡니까."

"그래?"

"예. 게다가 기본 상차림에 대고도 뭐라 헛소리도 해 대고……. 그러더니 여기 사람 부르면 오는 거 다 안다면서, 그거 불러 달라고 난리입니다요."

"……미친놈이, 아직 해도 안 떨어졌는데."

오후 무렵임에도 여름 해는 아직 떨어질 기미를 보이질 않고 있어서, 거리에는 네온사인 불빛도 비치질 않고 있었다.

장건후의 맞장구에 힘이 난 단란주점 사장이 구시렁거렸다.

"제 말이 그겁니다. 가뜩이나 아직 애들 출근할 시간도 아닌 데다가, 그 왜, 소개도 없이 온 놈들이라서……."

"나 참. 생각을 좆으로 하나. 말세는 말세구만."

번화가에 자리 잡은 다른 곳은 초면의 손님을 받기도 하는 모양이지만, 좁은 동네였다.

거기에 더해 보신주의에 입각한 장건후 개인의 성향도 있어서, 그가 운영하는 사업장은 누군가의 '소개'로 오지 않는 한 아가씨를 붙여 주지 않았다.

그가 벌이고 있는 개인사업도 어디까지나 조직의 '암묵적'인 승인하의 일이었고, 자칫 말썽이 벌어졌다간 그룹에서 이도 저도 아닌 자신을 가차 없이 팽할 것임을 장건후는 그 누구보다도 잘 알고 있었기 때문이었다.

그렇다고는 하나, 권리에는 의무가 따르기 마련이다.

아가씨를 술집에 소개하면서 동시에 동네 치안유지에 이바지하는 자신의 입장상, 이런 말썽을 간과할 수도 없는 노릇이다.

장건후는 팔뚝의 문신이 보이게끔 재킷을 벗은 뒤 단란주점 사장에게 옷을 맡겼다.

"잠깐만 들고 있어."

"예!"

싸움에 아주 자신이 있는 것도 아니고, 이제는 젊을 때와 달리 몸 쓰는 일이 힘에 부쳤지만, 어지간해서는 이 문신만 보여 줘도 한 수 먹고 들어가기 마련이었다.

"앞장서라."

"아, 예. 이쪽으로."

장건후는 주머니에 손을 찔러 넣은 채 사장을 따라 지하로 향하는 계단을 내려갔다.

아직 영업 준비 중이었을 단란주점은 어쨌건 '노래를 부르러 온' 손님에 맞춰 구색이나마 갖추려 불을 켜 놓은 상태였다.

그래도 지하에 자리 잡은 매장 특성상, 조금만 멀리 떨어져도 얼굴을 분간하기 힘들다.

단란주점 사장은 익숙하게 코너를 돌아 방 하나를 가리켰다.

"저쪽입니다."

그러잖아도 방 안쪽에서 고래고래 돼지 멱 따는 소리가 들려오고 있었다.

－꿈을 안고 왔단다, 내가 왔단다~!

방음 잘되는 벽을 뚫고 들려오는 그건, 볕 들 곳 없는 곳에서 해뜰날을 부르는 소리였다.

장건후가 피식 웃으며 적당히 눈치를 주자 단란주점 사장은 뒷걸음질로 물러났고, 장건후는 벌컥, 별실 문을 열어젖혔다.

"……픔도 괴로움도 모두모두 비켜라~."

마른안주며 과일 일체가 놓인 기본 상차림 곁에는 손도 대지 않은 맥주병과 음료수 일체가 놓여 있었다.

저놈인가.

마이크를 쥔 남자는 힐끗, 별실로 들어온 장건후가 웨이터라도 되는 양 계속 노래를 이어 갔다.

"안 되는 일 없단다, 노력하면은~."

분명 자신의 존재를 인지했을 것임에 분명함에도, 저 돼지며 따는 노래는 그칠 줄을 몰랐다.

'간이 배 밖으로 나왔나?'

덩치가 있는 것도 아니고.

장건후는 성큼성큼 걸어가 노래방 기기의 '종료' 버튼을 눌러 버렸다.

"쨍! 하고……."

반주가 뚝 끊기자, 그제야 남자는 마이크를 내리며 인상을 찌푸렸다.

"흐미, 잡것, 이제 클라이막스인디."

"……."

장건후는 묵묵히 남자를 쳐다보았고, 남자는 마이크를 까딱거리다가 훅, 훅, 마이크를 불더니 그 채로 말을 이었다.

"노래하는 도중에 끊는 건 예의가 아니지라. 서울서는 그라도 뭐라 안 하는가?"

암만 봐도 빈틈투성이인데, 뭘 믿고 시비인지 모르겠다.

"……."

그런데 이 새끼, 왜 안 쪼는 거지?

남자가 말을 이었다.

"됐고, 어쨌든. 사람 불러 달라고 했드니 싸게싸게 왔네잉."

······뭐?

남자가 씩 웃으며 장건후의 어깨 너머를 보았다.

"자아, 그라믄 손님 왔응께, 문 닫자."

그러자 기다렸다는 듯 별실 문이 닫혔다.

장건후는 흠칫하며 뒤를 돌아보았으나, 거기선 웬 청년이 문을 막아서고 있었다.

'······아차.'

두 놈이었단 걸 깜빡했다.

"······이 새끼들, 니들 뭐야."

간신히 중얼거림을 입에 담은 장건후는 그제야 등줄기를 타고 흐르는 식은땀을 느꼈다.

"거 초면부터 입이 쪼까 거치구마. 느그 엄마가 초면에는 이 새끼 저 새끼 같은 거 입에 담지 말라고 안 가르치든?"

"······씹."

더군다나 한 수, 아니 한참 위의 상대였다. 그럼에도 저 헤실거리는 놈의 낯짝만 보고서 손쉽게 여기고 만 건, 그가 갈고닦아 온 육감에 평화가 기름기처럼 찌들었던 탓이리라.

퍽!

장건후는 본능적으로 상 위의 맥주병을 들어 탁자 모서리에 내리쳐 깨트렸다.

부글부글 끓는 맥주 거품이 바닥으로 뚝뚝 흘러내렸고, 장건후는 깨진 맥주병을 번갈아 들이대며 두 사람과 거리를 벌리고 섰다.

"……누가 보냈냐. 어디 애들이야?"

그 채로 장건후가 매서운 눈으로 노려보았지만, 마이크를 든 남자는 대답 대신 어깨를 으쓱일 뿐이었다.

"오메 아까운거."

박순길이 씩 웃으며 말을 이었다.

"아참, 야야. 나는 거짝에 손도 안 댔응께, 돈은 손댄 니가 내그라. 알것제?"

장건후는 깨진 맥주병을 꾹 움켜쥐며 가까이 있는 박순길을 겨눴다.

"지랄하네."

"거참."

박순길이 마이크를 까딱거리며 말을 이었다.

"일단 자네 거시기, 술병은 내려놓고 이야기를 나누는 게 어떻겠는가?"

"……."

장건후는 오히려 병 조각을 조금 더 높이 들이댈 뿐이었다.

박순길은 그 모습을 보며 피식 웃더니, 마이크 줄을 슥 늘
어뜨리곤.

"싫음 어쩔 수 읍제. 그라믄 내도 정당방위를 행사할 텡
게, 서운해허지 말어."

붕.

빙글, 줄을 잡고 마이크를 한 바퀴 돌리곤, 마이크가 채
두 바퀴를 돌기도 전에 곧장 장건후의 손목을 향해 날렸다.

퍽!

"악!"

마이크가 장건후의 손목에 맞으며 텅텅거리는 소리가 방
안 가득 울렸고, 그가 맥주병을 놓치는 것과 동시에 박순길
은 장건후의 뒷목을 붙잡고 바닥에 무릎을 꿇렸다.

손목의 얼얼한 통증보다도, 바닥의 유리조각이 장건후의
무릎에 박힌 것보다도 먼저 그 의식을 지배하는 건 한 가지
생각뿐이었다.

'방금, 대체 무슨 일이 일어난 거지?'

박순길은 쪼그려 앉아 깨진 맥주병을 집어 들곤 그 눈앞에
갖다 댔다.

"자네는 요로코롬 위험한 거 휘둘고 댕기믄 혼쭐난단 거
못 배웠는가."

꿀꺽.

장건후는 눈앞에 놓인 맥주병의 날카로운 절단면을 보며

마른침을 삼켰다.

박순길은 맥주병을 장건후 앞에 대고 흔들며 말을 이었다.

"인자 이야기 좀 해 볼 생각이 들었는감?"

"……예."

"올치. 그랴, 그랴."

박순길은 장건후의 뒤통수를 툭툭 두드려 주곤—그걸 보는 여진환은 맥주병이 눈에 찔리지 않을까 노심초사했다—쪼그려 앉았던 몸을 일으켰다.

"그라믄 자리에 앉게."

"…….."

그제야 장건후는 욱신거리는 손목과 무릎에 박힌 유리 조각의 알싸한 통증을 자각하기 시작했다.

장건후는 손목을 부여잡은 채 다리를 절룩거리며 소파에 앉았고, 박순길은 엉덩이로 장건후를 밀치며 그 곁에 바투 붙어 앉았다.

"아따, 안 잡아묵응께 안쪽으로 들어가쇼잉. 여 순경, 자네도 앉게."

여 순경? 순경이라니.

장건후는 그제야 멍한 얼굴로 여진환을 보았다.

마당발을 자처하는 여진환과는 다소 안면이 있는 편이었지만—물론 좋은 관계는 아니었다—조명이 어두웠던 데다가 모자를 푹 눌러쓰고 있어서 알아보질 못했다.

여진환은 장건후를 사이에 끼고 자리에 앉으며 쓰고 있던 모자를 벗어 테이블 위에 놓았다.

"오랜만입니다. 별고 없으셨죠?"

"……."

장건후는 여진환의 능글맞은 인사를 무시하며 박순길을 힐끗 쳐다보았다.

"……경찰이셨습니까?"

박순길은 여진환 못지않게 능청스러운 얼굴로 그 말을 받으며 장건후의 어깨에 팔을 둘렀다.

"나가 아직 소개를 안 했는가. 나는 쩌어기 전라도서 올라온 박순길 형사요."

"……."

씁.

장건후는 속에서 치밀어 오르는 욕을 꾹 눌러 참았다.

'그러면 처음부터 밝히든가!'

만약 박순길이 처음부터 자신의 신원을 밝혔더라면, 방금 전의 불필요한 충돌도 없었을 것이다.

하지만 처음부터 박순길의 술수에 놀아난 건 다름 아닌 자신이었다.

박순길은 원만하게 일을 수습할 수 있다는 걸 알면서도 일부러 자신이 누구라는 걸 밝히지 않은 것이다.

하긴, 만약 박건후가 처음부터 경찰입네 하고 밝혔다면 여기 찾아오지도 않았거나, 뒤를 봐주는 지구대 경찰에게 사태를 떠넘겼을 것이다마는.

결국 장건후는 거의 일부러 시비를 걸다시피 한 박순길의 수작에 휘말려 한풀 꺾인 채로 이들을 마주하고 말았다.

아무리 요즘 피해자 인권이 어떻다느니, 경찰의 강압 수사는 군부 시절 잔재이니 하며 경찰도 제대로 기를 못 펴는 시대라곤 하나, 이런 식으로 나오면 장건후도 얄짤 없는 법이다.

장건후가 조심스레 입을 뗐다.

"그런데 박순길 형사님께서 여기에는 어쩐 일로……."

"무어, 일단은 청소부터 해야 쓰지 않겠는가. 여 순경, 웨이터한테 빗자루랑 쓰레받기 가지고 오라 하게."

여진환은 앉은 자리에서 곧장 몸을 돌려 인터폰 수화기를 열었다.

"여기 청소 좀 해 주십시오. 유리 조각이 있으니까 청소기도 필요할 겁니다."

그사이 박순길은 아무렇지 않게 유리컵 세 잔을 툭툭 놓더니 탁자 모서리로 맥주병을 통, 하고 떼어 냈다.

"일단 한 잔 받으라고."

"아, 예."

꼴꼴꼴. 장건후는 두 손으로 공손하게 술을 받았다.

박순길은 이어서 남은 두 잔에 맥주를 마저 채운 뒤, 잔을 들었다.

"일단 건배부터 하지. 여 순경도 한 잔 들게."

"……예."

여진환도 융통성이 없지는 않은지, '업무 중인데요' 하고 사양하지 않고 잔을 들었다.

"그라믄, 거시기, 이 만남을 위하여."

"위, 위하여."

박순길은 잔을 말끔하게 비운 뒤, 탁자에 잔을 내려놓았다.

그러면서 장건후가 자연스럽게 몸을 돌려 술잔을 비우는 걸 보면서 박순길은 씩 웃었다.

"암튼, 동상……. 아, 이름이 어떻게 되는가?"

"……장건후입니다."

"그래, 건후 동상. 나이는?"

"……서른넷입니다."

"……동안이네."

박순길은 흠, 하고 헛기침을 하곤 말을 이었다.

"암튼 장 씨. 자네는 나가 여기 무슨 일로 왔는지 알겠는가?"

"……그, 글쎄요."

장건후는 힐끗 여진환의 눈치를 살폈다가 말을 이었다.

"새로 전출 오셨습니까?"

"땡. 그것이 아니여. 내는 이짝 소속이 아닝께. 말고, 다른 이유는 모르겠는가?"

박순길은 웃으며 말했지만, 그 짧은 대화에 함축된 의미를 모르지 않았다.

'아따, 동네 돌아가는 짝을 보니 배 형사만 욕해 불 것이 아니구마잉.'

속으로 쓴웃음을 지은 박순길은 다시금 능청스럽게 말을 이었다.

"아따, 꽃이 있는 곳에 나비가 오는 거는 당연한 것이 아니당가. 척, 하면 착, 하고 알아 부러야지."

똥 있는 곳에 파리가 꼬인다는 걸 잘못 말한 게 아닌가, 생각하면서 장건후가 쓴웃음을 지었다.

"휴식을 취하러 오셨군요."

"쪼까 숨 좀 돌리려 온 것이긴 헌데, 그래서……."

박순길이 말을 질질 늘어뜨리며 입구를 보았다.

마침, 문이 열리며 웨이터가 청소기를 가지고 들어왔다.

웨이터는 바닥에 흩뿌려진 깨진 병 조각과 배치를 살피며 움찔했지만, 긴말은 하지 않고 고개만 꾸벅 숙일 뿐이었다.

장건후는 그런 웨이터에게 손을 까딱하며 말을 건넸다.

"야, 올 때 상 다시 봐 와라. 제대로 된 걸로."

"예……? 아, 옙!"

웨이터가 눈치를 살피며 주섬주섬 병 조각을 치우는 사이 박순길이 씩 웃으며 장건후의 뒤통수를 툭툭 두드렸다.

"아따, 그랄 거 없는디."

"아닙니다. 당연히 제가 모셔야지요."

"아참, 글고…….."

박순길이 다시 말꼬리를 흐리자 장건후가 웨이터에게 재차 말을 던졌다.

"그리고 애들 출근시키고. 알지? 잘나가는 애들로 연락 돌려."

"예."

장건후는 '이제 됐냐?' 하며 은근슬쩍 경멸의 눈을 박순길에게 향했다.

이렇게까지 해 줬으면 충분하지 않냐는 의미를 담은 눈초리였으나, 박순길은 고개만 까딱일 뿐이었다.

"나는 아무 말도 안 했어라."

저걸 그냥…….

하지만 법은 멀고 주먹은 가까운 데다 저쪽은 꼴에 법과 주먹 두 가지를 겸비한 자였다.

박순길은 이후 재차 술을 따라 홀짝이며, 웨이터가 자리를 떠날 때까지 아무런 말도 하지 않았다.

'하긴, 돈 받아 처먹으려면 사람 없는 곳에서 해야겠지.'

그렇게 생각하면서 힐끗, 여진환을 살폈다.

'그런데 저 새끼도, 그렇게 안 봤는데 그렇지도 않은 놈이

었군.'

경찰이 대놓고 뒷돈을 받아 챙기다니, 이 나라가 어떻게
될는지.

웨이터가 재빨리 청소를 마치고 자리를 떠나자마자 박순
길은 비로소 다시 입을 뗐다.

"다른 경찰은 안 올 것이여."

"……예?"

장건후는 자신의 목소리가 떨리지 않았을까, 염려했지만
박순길은 덤덤한 얼굴로 술잔을 흔들었다.

"자네는 나를 빙다리 핫바지로 아는가 본데, 사람 잘못 봤
어라. 나가 그짝이 보낸 신호도 모르는 줄 아는가?"

"……."

박순길의 말마따나, 장건후는 방금 전 웨이터에게 뒷돈
을 받아 챙기는 지구대 실세들에게 연락을 돌리란 신호를
던졌다.

그건 장건후가 자신의 선에서 손쓰기 힘든 말썽이 벌어질
때를 대비해(다른 경찰이 올 거란 걸 대비한 건 아니었지만) 만들어 둔
암호였다.

삼류 양아치들 정도야 어떻게 자신의 선에서 해결이 가능
하다지만, 영역을 넘보는 놈들에게는 구역에 침 발라 두고
작업을 마쳐 두었단 암시가 적절한 법이니까.

그런데 박순길은 어떻게, 그 신호를 알아챈 것이었다.

그건 박순길이 어디서 굴러먹다 온 놈이 아니란 의미였다.

박순길이 씩 웃었다.

"Y서에 감찰이 떴거든. 생각 박힌 양반이라면 이럴 땐 몸을 사려야 한단 것쯤은 잘 알 것이여."

"……."

박순길은 품을 뒤적여 담배 한 개비를 입에 물었고, 장건후는 공손하게 불을 붙여 주었다.

초면임에도 그가 보통내기가 아니라는 걸, 장건후도 이제는 아는 것이다.

후우, 박순길은 담배 연기를 뿜은 뒤 재떨이에 담뱃재를 털었다.

"그라믄 상차림도 끝났고…… 장 씨. 나가 자네에게 묻고 싶은 게 있어."

왠지 모르게 분위기가 일변한 것 같았다.

박순길이 말을 이었다.

"자네, 조세광이랑 친하다믄서?"

"……."

갑자기?

응당 건달 삥이나 뜯으러 왔겠거니 생각했는데, 박순길은 난데없이 거물을 입에 담았다.

장건후는 재빨리 혀끝으로 입술을 핥았다.

"아닙니다."

그러나 박순길은 방금 전 장건후가 움찔하는 것을 놓치지 않았다.

 "그랴? 나가 듣던 거랑은 다른디. 요 동네에선 자네가 조세광이 똥구멍 닦아 주는 담당이란 걸 모르는 사람이 없더라고."

 "……."

 "내 생각인데 오늘도 조세광이가 자네에게 지랄을 했을 것이여. 안 그런감?"

 박순길이 실실 웃으며 장건후의 어깨를 쥐었다.

 "박길태. 조세광이가 죽였지?"

 어떻게, 일진이 사나워도 이렇게 사나울 수가 있나.

 박순길은 삥을 뜯으러 온 것도, 더욱이 남의 돈으로 기분이나 내려고 온 것도 아니었다.

 다짜고짜 핵심을 찔러 오는 박순길의 말에 장건후는 입이 바싹 마르는 기분이었지만, 뭐라도 대답을 해야 하는 상황이었다.

 "바, 박길태가 누굽니까?"

 간신히 뱉은 말에 박순길이 입꼬리를 슬쩍 올렸다.

 "……새끼."

 꽈악.

 박순길의 손아귀가 장건후의 어깨를 파고들었다.

 장건후는 이를 꽉 물고 고통을 참았다.

박순길은 스르르 손아귀 힘을 풀면서 다시 입을 뗐다.

"나는 같은 말 두 번 하기 싫어하는 사람이여. 그래서, 죽였는가?"

"……모, 모릅니다."

박순길의 손가락이 까딱하려는 순간, 장건후가 재빨리 말을 이었다.

"저는 정말로 모릅니다. 현장에도 없었고요!"

"……흠."

박순길은 장건후의 어깨에 둘렀던 팔을 내렸다.

"일단 마셔라."

마침 목이 말랐던 장건후는 거품 꺼진 맥주를 단박에 들이켰다.

그걸 본 박순길은 소주병을 까서 장건후의 잔에 가득 채우곤 슥, 그 앞에 유리잔을 밀었다.

"동네에 소문이 돌더구마잉. 조세광이 박길태를 거시기해부렀다는 소문."

"……."

"마셔."

장건후는 음료용 컵에 가득 담긴 깡소주 한 잔을 마셨다.

빈속에 들어찬 알코올에 장건후는 인상을 찌푸릴 뻔했으나, 잘 참았다.

박순길은 병에 남은 소주를 마저 부은 뒤, 새로 소주병을 까서 1/3 정도 찬 음료용 컵에 소주를 마저 채웠다.

"지동훈이는 알지라?"

"……예."

"그랴. 근디 지동훈이가 우덜한테 한 말허고, 동네에 도는 소문은 내용이 달라야. 거 우째 그 자리에 있었을 리가 없는 조세광이가 나오고 그런디야. 신기하지 않은가?"

"……."

"뭣허냐. 마시지 않구서."

장건후는 술이 센 편이 아니었다.

그런 장건후는 그 앞에 컵 가득 부어진 소주를 보며 욕지기가 치밀어 올랐지만, 하는 수 없이 잔을 비워 냈다.

"……후읍."

박순길은 그런 장건후를 보며 다시 방금 전에 했던 일을 반복했고, 장건후 앞에는 다시 소주가 화수분마냥 가득 찬 유리컵이 놓였다.

"아따, 술 세구마잉. 가져온 소주가 다 떨어져 부렀어."

박순길은 건조하게 웃으며 소파에 등을 기댔다.

"그라도 걱정은 하덜 말그라잉. 자네가 한 상 거하게 내오라 했응께, 술 떨어질 일은 없을 것이여."

달각.

말이 떨어지기 무섭게 노크 소리가 들리며 웨이터가 트레이를 밀고 왔다.

장건후는 웨이터가 탁자에 차례차례 내놓는 안주와 위스
키 등을 보면서, 뒤집어질 것 같은 속을 내리눌렀다.
　　정말, 거하게도 차려 왔다.

2장

양상춘은 김보성의 사무실을 나서며 정진건에게 말을 건
넸다.

"그럼 앞으로는 조세광이 살해 현장에 있었다는 걸 입증할
방법을 찾는 게 중요하겠군."

"……."

"듣고 있나?"

"응? 아, 그래."

정진건이 대답을 이어 갔다.

"검사님이 장담한 병문안 기록을 손에 넣을 수 있다면 일
이 쉽게 풀리겠지."

"음……. 아, 동생이라는 조세화 쪽은 어때? 그쪽은 아예

대질 조사를 하지 않은 모양인데."

방금 김보성의 사무실에서 이야기를 나눠 본 바, 조세광에게 도청기를 건넨 것에 조세화가 관련되어 있다면 그 증언을 받아 낼 수도 있으리란 의미였다.

하지만 정진건이 고개를 저었다.

"아직 애잖아. 아무리 그래도 중학생에 불과한 여자애를 불러서 묻긴 뭣하지."

정진건의 상식적인 대답에 양상춘은 턱을 긁적였다.

"강 형사에게 맡기면? 강 형사, 애들이랑 잘 어울리잖아."

양상춘은 강하윤이 박강선을 케어한 일이며 이성진을 꼬셔(?) 뉴월드백화점의 협조를 얻어 낸 일을 떠올려 제안한 것이었지만.

정진건의 반응은 미적지근했다.

"······글쎄다. 명분도 없고."

"명분?"

"암만 강 형사라고는 해도 경찰이야. 애들은 경찰을 무서워하기 마련이지 않나?"

정진건이 말을 이었다.

"게다가 상대는 조광이야. 섣불리 다가갔다가 저쪽의 경계를 사게 되면 안 하느니만 못 할 거라고 보는데."

"······흠."

양상춘은 정진건의 대답을 들으며 고개를 끄덕이긴 했지

만, 그것이 정진건의 견해에 동조했단 의미는 아니었다.

"강 형사에겐 따로 시킨 일이 있나 보지?"

"그런 셈이야."

정진건은 담담하게 말을 받으며 화제를 바꿨다.

"그러고 보니 강 형사에게 줄 자료가 있다면서?"

"박강선의 유전자 감식 결과 말이지."

양상춘이 손에 든 가방을 툭툭 두드렸다.

"물론 챙겨 왔고말고. 이왕 온 김에 건네주고 가야겠군. 지금 자리에 있나?"

"……아마도."

정진건의 반응을 보며, 양상춘은 '둘이 싸우기라도 했나?' 생각했다.

'……뭐, 내 알 바는 아니지만.'

어쨌건, 설령 그렇다 하더라도 양상춘은 괜한 말썽에 휘말리고 싶지는 않았으므로, 볼일을 마친 김에 지금 정진건에게 자료를 인계한 뒤 돌아가야겠단 생각을 했다.

"그러면……."

양상춘이 가방을 열려던 그때, 우연히도 화장실을 나오는 강하윤과 복도에서 마주쳤다.

"아, 선배님."

강하윤은 어째 정진건을 발견하곤 흠칫하더니 양상춘을 보며 꾸벅 고개를 숙였다.

"오셨습니까. 양상춘 박사님도⋯⋯. 오랜만에 뵙습니다."

뒤이어 강하윤은 다소 멋쩍어하는 얼굴로 양상춘을 보았다.

"혹시 부탁드린 자료를 가져다주러 오셨습니까? 제가 찾으러 가면 되는데⋯⋯."

강하윤의 말에 양상춘은 '내가 여기 오는 걸 몰랐던 건가' 하고 생각했지만, 내색하지 않고 가방에서 자연스럽게 손을 떼며 고개를 끄덕였다.

"응. 아, 맞아. 겸사겸사."

강하윤은 아차 하더니 정진건에게 말을 붙였다.

"아, 선배님. 미처 보고를 드리지 못했습니다. 양상춘 박사님께는⋯⋯."

"아니야. 들었어. 박강선의 유전자 감식을 의뢰했다지?"

"예, 그렇습니다."

강하윤은 정진건에게 먼저 경위를 설명해야 할지, 결과를 먼저 들어야 할지 망설이는 눈치였다.

양상춘이 이를 눈치채고 먼저 입을 뗐다.

"결과에 변수는 없더군. 박강선은 명실상부 박상대의 친자였어."

"그랬군요."

결과는 기대하던 바를 벗어나지 않았지만, 그녀로서는 이를 기뻐해야 할지, 아닐지 모를 기분이었다.

정진건은 그런 강하윤을 물끄러미 보다가 그녀의 가려운 부분을 먼저 긁어 주었다.

"그런데 새삼, 박강선의 유전자 감식이 왜 필요했지?"

박강선의 친자 확인.

그야 언젠가는 필요한 일이긴 했지만, 그녀가 자료를 요청한 지금이라는 점이 다소 의아했다.

"아, 그게 말입니다……."

강하윤은 말을 이으려던 찰나 복도를 두리번거리고는 조심스레 말을 이었다.

"복도에 서서 이야기하는 것보단, 일단 자리를 옮기시지 않겠습니까?"

방금 전까지 석동출에게 들었던 음모론을 신뢰하는 입장은 아니나, 그래도 만에 하나란 생각이 있었던 것이다.

더욱이 지금은 의도한 바는 아니었지만 하필이면 마침 맞닥뜨린 장소가 김보성의 사무실 근처 복도이기도 했다.

'……그 일로 선배님께 여쭤볼 것도 있고.'

잠시 생각하던 양상춘이 강하윤의 맞장구를 쳤다.

"그래, 그게 좋겠군. 나도 강 형사에게 구두로 전달할 이야기가 있으니까."

양상춘도 안 만났으면 모를까, 이왕 만난 김에 개인적으로 궁금한 것이 있던 차였다.

양상춘까지 거들고 나서자, '나중에' 하고 대답하려던 정진건도 하는 수 없이 고개를 끄덕였다.

"그러지. 마침 저녁 시간이고 하니…… . 자네만 괜찮으면 밥이나 먹으면서 이야기할까."

"나는 상관없어. 강 형사는?"

강하윤이 살짝 미소를 지었다.

"저도 좋습니다."

"결정 났군. 그럼 움직이지."

정진건은 두 사람을 대동하고 광수대 근처에 있는 예의 곱창전골집으로 향했다.

이제 서로 안면이 익은 주인에게 별실을 부탁해 자리에 앉고 보니 공교롭게도 김보성과 조설훈이 대담을 나눴던 장소였지만, 정진건은 아무 말도 하지 않고 사무적으로 주문을 마쳤다.

"곱창전골?"

양상춘이 자리에 앉으며 어리둥절해했다.

"왜, 못 먹나?"

"아니. 그냥, 먹어 본 적이 없어서."

양상춘이 물수건으로 손을 닦으며 대답을 이어 갔다.

"괜찮아, 부검도 하는데 소 내장 정도야 못 먹을 것 없지."

양상춘의 말에 수저를 놓던 강하윤이 멈칫하며 미간을 찌푸렸다.

'말을 해도 하필이면.'

양상춘은 그런 강하윤의 반응을 놓치지 않고 짓궂게 웃었다.

"왜, 강 형사는 못 먹나?"

"⋯⋯아닙니다. 저는 가리는 거 없이 잘 먹습니다."

"오, 그러면 키비악도 먹을 수 있겠군?"

"⋯⋯키비악? 그게 뭡니까?"

양상춘은 이누이트족의 전통 요리에 대해 길고 자세한 설명을 늘어놓았다.

"⋯⋯."

"그리고 바다표범의 내장에서 발효된 새를 꺼내서, 새의 항⋯⋯."

강하윤은 얼른 양상춘의 말을 막았다.

"아닙니다! 말씀을 들으니 저도 가리는 게 있는 거 같습니다."

"그래? 아무튼 그래서 새의 항⋯⋯."

"안 들어도 괜찮습니다."

"여기부터가 진짜배기인데."

"안 들어도 괜찮습니다!"

정진건이 쓴웃음을 지었다.

"내 버디 그만 놀려. 강 형사도 일일이 받아 주지 마. 받아 주니까 저러는 거 아닌가."

정진건의 말에 강하윤은 살짝 미소 지었다.

"······예."

그걸 보면서 양상춘은 '내가 걱정할 필요는 없었군' 하고 어깨를 으쓱였다.

"그런데 자네, 용케도 이런 집을 찾았군. 수사는 안 하고 밥집만 찾아다녔나?"

양상춘의 은근한 농담에 정진건이 픽 웃으며 고개를 저었다.

"내가 찾아낸 건 아니고······ 박순길 형사라고 있는데, 그 형사가 소개해 준 가게야."

양상춘이 고개를 갸웃했다.

"박순길 형사? ······이름이 왠지 낯이 익은데."

"아마 그럴 거야. 박상대를 강도 살해한 택시 기사를 현장에서 검거했거든."

양상춘이 고개를 끄덕였다.

"아, 그렇게 말하니 알 것 같군. 신문에서 읽은 기억이 나. 아주 대서특필을 했더군."

양상춘이 입꼬리를 올렸다.

"하긴, 수사가 지지부진하니 경찰 입장에선 영웅 만들기가 필요했겠지. 뭐, 그렇다고 해서 그 성과를 폄훼하려는 건 아니야. 다만 그 탓에 오히려 광수대 입장이 난처해졌으니 조금 성급했단 생각은 했어."

강하윤은 '냉소적인 사견을 덧붙이는 걸 보니, 저 사람은 여전하구나' 하고 생각했다.

양상춘이 히죽 웃으며 말을 이었다.

"그나저나 그런 유명인이랑 같이 밥도 먹으러 다니고, 정 형사님도 잘나가는구먼."

"……유능한 사람이야. 지금도 수사에 도움을 주고 있지."

입장상 그럴 필요가 없음에도 불구하고, 라는 말은 굳이 하지 않았다.

정진건의 말을 들으며 그러고 보니, 그녀는 어째 요즘 정 진건과 바늘에 실 가듯 붙어 다니던 박순길이 자리에 없단 생각에 미쳤다.

"그런데 박 형사님은 지금 뭘 하고 계십니까?"

강하윤의 질문에 정진건은 잠시 뜸을 들였다가 사무적으로 대답했다.

"따로 수사 중이야."

"……그렇습니까."

은근히 선을 긋는 정진건의 태도에 강하윤은 다소 시무룩한 얼굴이었다.

양상춘은 그런 둘을 번갈아 보다가 입을 뗐다.

"그보다, 박강선 이야기를 했으면 하는데."

"아, 예."

강하윤은 표정을 고치며 자세를 바로 했다.

"그러니까 그게 어떻게 된 일이냐면……."

두 사람은 오늘 오전에 강하윤이 겪었던 이야기를 들었다.

강하윤의 이야기를 들은 정진건이 인상을 찌푸렸다.

"유산을 노린 거로군."

"예, 제 생각도 그랬습니다. 그래서 저쪽의 여지가 생기기 전에 곧장 변호사를 찾은 거고 말입니다."

양상춘이 고개를 주억거렸다.

"결국 드디어 내 패킷몬 라이벌에게 변호사가 붙었군. 그래서 강 형사, 변호사는 믿을 만한 사람이던가?"

"음…… 잘은 모르겠습니다만, 현장에서 본 바로는 유능해 보였습니다."

"그래? 금방 잘 찾았군. 뭣하면 내가 소개해 줄 수도 있었을 텐데."

"박사님께 변호사 인맥이 있습니까?"

"찾으면 제법 될걸세. 고등학교 동창 중에도 몇 명 있고."

"아."

그런 강하윤을 보며 양상춘이 눈썹을 씰룩였다.

"왜, 나한테는 그런 친구도 없을 거 같나?"

솔직히 말하면 그랬다. 양상춘 같은 사람과 친구가 되려면 그가 생명의 은인이거나 해서 막대한 심적인 빚을 져야 하지 않을까.

하지만 때와 장소를 가리지 않는 솔직함은 미덕이 아니라는 것쯤은 강하윤도 잘 알았다.

"아닙니다. 그저, 박사님께 부탁을 드려도 되었겠단 생각이 들어서 그랬습니다."

"……흠, 들으니 강 형사는 '다른 인맥'을 동원해서 변호사를 소개받은 모양이군."

"예, 그게……."

"아니, 내가 맞혀 보지. 이성진. 맞지?"

강하윤이 눈을 동그랗게 떴다.

"어떻게 아셨습니까?"

"그냥 그럴 거 같더군. 강 형사 연령대에선 사법고시를 통과한 변호사 친구를 찾기 힘들 거고, 방금 강 형사 반응에서 자연히 한 다리를 건너 소개를 받겠단 생각에 미쳤단 걸 유추하면 보통은 가족인데…… 그런 것도 아니었으니 그대의 인맥 중 가장 그럴듯한 인물이 낙점이지."

양상춘이 어깨를 으쓱였다.

"그리고 강 형사의 인맥 중에 가장 큰 최고의 패는 이성진이고 말이야. 하긴, 대삼광 그룹의 장손인 데다가 본인도 건실한 회사를 경영하고 있다니, 어디 가서도 그만한 인연은 맺기 힘들지 않나."

"……그건 그렇습니다만."

강하윤이 입을 삐죽였다.

"성진이랑은 이용 가치의 유무로 판단하는 사이가 아닙니다. 성진이도 그렇고요."

"흐음. 만약 이성진이 초등학생만 아니었다면 사적인 감정이 있단 걸 의심해 볼 만한 발언인걸. 아니면, 혹시⋯⋯?"

"⋯⋯농담이 지나치십니다만."

"⋯⋯그런 거 같군. 사과하지."

양상춘은 놀리는 게 조금 지나쳤나 싶어 민망한 듯 물을 홀짝였다.

그때 정진건이 끼어들었다.

"그러면 강 형사. 변호사는 성진이의 소개로 알게 되었단 건가?"

"예? 아, 그렇습니다. 선배님. 저도 혹시나 해서 성진이에게 연락을 넣었습니다만, 다행히도 곧장 소개해 주어서 안도할 수 있었습니다."

"⋯⋯그런가. 이번에도⋯⋯."

이번에도?

정진건의 혼잣말을 들으며 강하윤은 고개를 갸웃했다.

그야, 이번에도 이성진의 도움을 받기는 했지만, 정진건의 뉘앙스는 왠지 반지 주인을 찾을 때 도움을 받았던 것과 달랐다.

양상춘은 그런 정진건을 힐끗 살폈다가 강하윤을 보며 입을 뗐다.

"그런데 강 형사, 박강선의 외척 쪽은 어찌 저찌 물리쳤지만, 친가는 어떻게, 조금 어렵지 않겠나?"

그도 보통은 그런 오지랖을 부리지 않지만, 양상춘은 일부러 그런 것을 물었다.

"친가라면…… 부계인 박상대 측 말씀이시군요."

강하윤의 말에 양상춘이 고개를 끄덕였다.

"그래. 박상대의 부친인 박영효가 죽고 난 뒤부턴 조금 애매해졌다고 하지만 그 집안 자체는 옛날부터 잘나가던 곳이었거든."

양상춘은 밑반찬을 젓가락으로 뒤적이면서 말을 이었다.

"괜히 여당에서 금배지 달기 전부터 박상대를 팍팍 밀어준 게 아니야. 심지어 박상대는 그 최갑철 의원의 예비 사위이기도 하지 않았나."

양상춘의 말마따나, 박상대의 가문은 그의 연고지인 D구 일대에서 제법 끗발 날리던 집안이었다는 이야기를, 강하윤도 언젠가 스치듯 들은 기억이 났다.

박상대는 외동이었으나, 그 부친인 박영효에게는 형제자매가 여럿 있었다.

"부자가 망해도 삼대는 간다고 했지. 뭐, 지금이 마침 삼대째이긴 한데……."

양상춘은 젓가락으로 오이를 집으려다가 잘되지 않자 그냥 손으로 집어 으적, 한 입 깨물었다.

"무능한 친척들이 선을 넘지 않도록 부친 때부터 이래저래 관리해 오고 있었던 모양이지만 지금은 박영효나 박상대라는 억제기가 없어졌으니, 그들은 박상대가 가지고 있을 적잖은 유산을 차지하기 위해 힘을 합칠 거야."

"……."

"눈앞의 이익이 날아가게 되면 어떤 수단과 방법을 가릴지 모르는 게 사람이지 않나? 더군다나 그들 입장에 우리의 강선 군은 말 그대로 굴러온 돌인 셈이고…… 그러니 사생아인 강선 군 입장에선 쉽지 않은 싸움이 될 테지."

대체 무슨 의도로 그런 말을 꺼낸 것일까, 생각하던 강하윤이 눈을 가늘게 떴다.

"박사님은 혹시, 소송을 포기하는 게 편할 거라는 말씀이십니까?"

그 말에 양상춘은 눈을 동그랗게 뜨더니 피식 웃었다.

"나 참. 강 형사는 나를 오해하고 있군. 그렇게 해서 내가 얻을 이득이 뭐라고 새삼 그런 오지랖을 부리겠나?"

"……."

양상춘이 담담한 얼굴로 말을 이었다.

"박상대의 혈액형은 박영효와 그 모친에게서 나올 수 없는 조합일세."

"……예?"

"즉, 박상대는 박영효의 친자가 아닐 수도 있단 거지. 지금은 박상대나 박영효 둘 다 불귀의 객이 되고 말았으니 엄밀하게 확인할 방법도 없고, 어디까지나 가능성의 측면에서 한 말이긴 하지만."

양상춘은 손에 든 오이를 마저 입에 털어 넣었다.

"내가 그렇지 않을까 짐작할 정도이니 친척들도 응당 알고는 있을 걸세. 그러지 않고서야 승산 없는 싸움을 시작할 리도 없겠지."

"……."

"그런 상황이니만큼 박상대 친척 측에서는 사실관계를 명확히 하자는 명분을 들어 박강선의 유전자 검사를 요구해 올지 몰라. 이론적으로 부계 남성 쪽은 유전자 검사로 친척임을 입증할 수 있거든."

그 이야기를 들으며 정진건은 고개를 끄덕였다.

'과연, 그래서 그는 연구실에서 박영효가 남성 불임자임을, 그리고 박상대가 그 친자가 아닐 수 있다는 이야기를 한 건가.'

양상춘이 말을 이었다.

"그러니 만일 친가 쪽에서 그런 요구가 오더라도 받아들이지 말고, 지금 가진 증거만으로 밀어붙여 보란 이야기일세. 아예 하지 않으면 모를까, 했던 일을 없었던 일로 하는 건 어려우니까."

"……."

여전히 어리둥절해하는 강하윤을 보며 양상춘이 어깨를 으쓱였다.

"법률 자문까진 못 해 주겠지만, 방금은 이쪽 전공자로서 강 형사에게 도움을 준 거야."

"아."

그제야 강하윤은 양상춘의 말이 선의에서 비롯한 조언임을 깨닫고 방금 전에 그 의도를 의심했던 것이 부끄러워져 얼굴을 붉혔다.

"……감사합니다."

"뭘. 자네가 감사를 표할 일은 아니지. 지금이야 강 형사도 팔이 안으로 굽을 수밖에 없는 상황이지만 공직자로서는 중립을 지켜야 하니까. 나는 그저……."

양상춘은 말을 잇다 말고 의자에 등을 기대며 너스레를 떨었다.

"혹시 아나? 나중에 강선이가 잘되면 내 안락한 노후에 이바지를 해 줄지도 모르고 말일세."

그러면서 양상춘은 그 전에 말했던 '자신이 얻을 이득'을 언급했지만, 그건 쑥스러움을 감추기 위한 것이리라고, 강하윤은 생각했다.

아마도 본의는 박강선이 응당 받아 내야 할 자신의 몫을 온당치 않은 요인으로 인해 받지 못한다면 그건 정의에 부합하지 않는단 것이리라.

고집 세고 타인의 일에 관심이 없어 보이는 양상춘이 보여 준 의외의 일면이었다.

'그런 선의를 의심하고 만 건, 나도 석 형사의 음모론에 영향을 받고 만 걸까.'

강하윤은 쓴웃음을 지으며 입을 뗐다.

"명심하겠습니다."

"응? 내 노후 말인가?"

그런 의미에서 한 말이 아니라는 걸 알고 있을 것임에도 양상춘은 여전히 능청을 떨어 댔다.

그때 그들 몫의 곱창전골이 왔고, 정진건은 묵묵히 버너의 불을 켰다가 주인이 나가길 기다려 입을 뗐다.

"말하는 걸 잊었군. 강선이는 요한의 집으로 갈 수 있게끔 조치를 취해 뒀어. 그러니 강 형사도 걱정하지 마."

정진건의 말에 강하윤이 반색했다.

"아, 정말입니까?"

"음. 그러기로 했으니까."

"감사합니다, 선배님."

"뭘."

강하윤은 두 사람을 보며 미소를 지었다.

비록 양친을 비극적으로 잃고 말았지만, 그럼에도 불구하고 분명, 강선에게는 인복이 있는 것이리라.

'……그런 두 분과 함께하는 나 역시도 마찬가지이고.'

정진건이 냄비 속을 국자로 정리하며 다시 입을 뗐다.

"그런데 강 형사."

"예, 선배님."

"그러려면 박상대가 가진 재산 목록을 정리해 봐야 할 텐데."

"아, 예. 그렇잖아도 변호사님이 부탁을 하셔서……."

과연, '변호사가 유능해 보이더라'는 건 빈말이 아닌 듯했다.

"……석동출 형사님에게 말해 두었습니다."

"Y서의 석 형사 말인가?"

"예. 자료는 전담하던 Y서 쪽이 가지고 있으니 말입니다. 협조 요청은 문제없이 받아 두었습니다."

거기서 강하윤은 잠시 보글보글 끓어오르는 냄비를 보며 뜸을 들였다가, 흔들림 없는 곧고 올바른 눈으로 정진건을 바라보았다.

"선배님, 한 가지 여쭙고 싶은 게 있습니다."

"……Y서 쪽 일인가?"

정진건이 먼저 선수를 치고 나오자, 강하윤은 움찔하며 묵묵히 앉아 있는 양상춘을 힐끗 살폈다.

하지만 양상춘은 미동 없이 가만히 앉아만 있었고, 거기서 강하윤은 양상춘도 알고 있는 일이라는 것에 생각이 미쳤다.

그래서 강하윤은 더 이상 뜸 들이지 않고 고개를 끄덕였다.

"……예. 오늘 인사이동은 Y서의 감찰과 무관하지 않은 일입니까?"

"……."

정진건은 잠시 묵묵히 냄비를 국자로 휘젓다가 앞접시에 곱창전골을 한 국자 덜어서 강하윤 앞에 놓아주었다.

"아, 감사합니다."

정진건이 양상춘 몫을 덜어 내며 되물었다.

"강 형사 생각은 어떤가?"

"……무관하지는 않다고 생각합니다."

"……."

정진건은 마지막으로 자신 앞에 전골을 덜어 낸 뒤, 국물을 한 입 떠먹곤 고개를 끄덕였다.

"익었어. 일단 들지."

"……."

강하윤이 꼼짝도 하지 않자 정진건은 결국 숟가락을 내려놓았다.

"왜 그렇게 생각했는지 말해 볼 수 있겠나?"

"……괜찮겠습니까?"

"괜찮아. 여긴 우리뿐이니까. 설령 얼토당토않은 것이라도 괜찮고."

말하며 정진건은 의도적으로 양상춘을 힐끗 보았고, 양상춘은 국물을 떠먹곤 가볍게 어깨를 으쓱였다.

"전골 맛이 제법 괜찮네. 자네가 장담할 만하군."

"……그 정도로 자신 있게 권하진 않았지만, 괜찮다니 다행이고."

두 사람의 별것 아니라는 듯한 반응을 보고 있으려니 이 이야기를 해야 할지 말아야 할지 고민하던 자신이 우스워졌다.

결심을 마친 강하윤이 운을 뗐다.

"사실, 오늘 Y서에 감찰이 시작되었다는 건 석동출 형사님께 들었습니다."

정진건이 고개를 끄덕였다.

"그래. 석 형사와 업무 이야기를 나누었을 테니까, 강 형사도 응당 알고 있으리라 생각했지."

"……그리고 석동출 형사님은 이번 인사이동이 일부러 수사를 지지부진하게 만들고자 함은 아닌가 하고 말씀하셨습니다."

그 말에 정진건은 피식 웃었다.

"거참. 아, 웃어서 미안하군. 그래, 괜찮다면 석 형사 생각이 어째서 그런 경위로 흘러갔는지 듣고 싶은데."

"아, 예. 그러니까…….."

강하윤은 석동출이 자신에게 말한 음모론을 간추려 설명했다.

그 이야기를 들으며 정진건은 '아주 엇나가지만은 않은 추리'라고 생각했다.

오히려, 석 형사의 추리에 얼토당토않은 음모론과 모순이 생겨나고 만 것은 그가 자신의 직속상관인 배성준을 존경하고 신뢰하고 있기 때문인 것이었다.

'그래서 맞아떨어지지 않는 부분에 감정이 깃들고, 핵심적인 부분은 자신도 모르게 배제한 것이겠지.'

그걸 마냥 탓할 수만은 없다.

누구라도 확증편향에서 자유로울 수 없고, 자신 또한 어느 부분에선 그러할 것이다.

정진건은 쓴웃음이 나오려는 걸 속으로 삼키며 강하윤을 보았다.

"그랬군. 강 형사 생각도 그런가?"

"……아뇨. 제 생각은 다릅니다."

강하윤이 말을 이었다.

"저는 Y서의 배 형사님이 부정과 연루되어 있다는 걸 알게 된 검사님이 의도적으로 인선을 바꾼 것이라고 생각합니다."

"……흠."

정진건은 강하윤으로선 의미를 알기 힘든 미소를 지었다.

"배 형사가 부정과 연루되어 있다?"

"어디까지나 제 추측일 뿐입니다. 저는 김보성 검사님께선 그런 사사로운 일에 구애될 분이 아니라고 생각했고, 그래서 정황상……."

강하윤 입장에서는 말하기 조심스러운 부분을 정진건이 대신 받아 정리했다.

"그래서 강 형사 생각에는 김보성 검사님이 Y서와 무관한 나와 박순길 형사에게 수사를 의뢰한 거라고 보는 건가?"

"예. 박 형사님이 지금 부재중이신 것도 그런 까닭이 아닌가, 생각했습니다. 외지에서 오신 박 형사님이야말로 그 어떤 이해관계에도 얽매여 있지 않은 분이니 말입니다."

강하윤은 조심스럽게 덧붙였다.

"그리고 저를 수사에서 배제하신 건 제 미숙함 때문에 일을 그르칠까 저어되셔서라고……."

"……그렇지 않아."

강하윤의 주눅 든 말에 정진건이 고개를 저어 가며 부정했다.

"오히려 나는 강 형사가 스스로를 평가하는 이상으로 자네를 높이 평가하고 있네."

"……."

정진건의 칭찬은 그녀도 예상하지 못했지만, 이 상황에서는 그것을 오롯이 기뻐해야 할지도 의문이었다.

'예쁘다'거나 '오늘 화장 잘 먹었다'는 말처럼 그저 듣기 좋으라고 한 빈말일 수도 있으니까.

정진건은 자신도 모르게 슬쩍 강하윤의 눈을 피했다.

"일부러…… 그런 건 아니야. 그저 그 일에 강 형사가 적합한지 아닌지 나 혼자 판단한 것뿐이지."

강하윤은 정진건이 서툰 거짓말을 하고 있다는 걸 눈치챘지만 그 거짓말이 방금 말했던 것 중 어느 부분에서 기인하고 있는 것인지는 알 수 없었으므로, 아무런 말도 하지 않았다.

정진건이 말을 이었다.

"하지만 그건 내 독단일 뿐이었던 것 같군. 강 형사의 말을 듣고 보니 자네는 내가 그동안 평가하던 것 이상으로 유능한 모양이야."

이어진 건 정진건이 자신의 잘못을 시인하는 발언이었다.

"……과찬이십니다."

여전히 경계심이 담긴 강하윤의 마지못한 대답에 정진건은 쓴웃음을 지었다.

"솔직히 말하자면 강 형사는 몰랐으면 생각했던 것도 있었어. 경찰 내부가 부패해 있다는 건 어느 모로 보나 누워서 침 뱉기고, 자네 같은 신참 형사에겐 의욕이 떨어질 만한 이야기니까."

정진건의 말에 강하윤은 움찔했다.

"그러면 정말로 배 형사님이……."

정진건이 고개를 끄덕였다.

"그래. 배성준은 조광과 내통하고 있었다."

"……."

정진건의 입에서 나온 건 일말의 가정도 섞이지 않은 확답이었다.

"……."

짧은 침묵 뒤 정진건의 말이 이어졌다.

"그 전에도 혐의는 두고 있었지만 그러잖아도 마침, 어저께 조설훈과 함께 있는 걸 보았지. 배성준은 초기 수사 과정에 개입해서 수사가 표적을 향하지 않게끔 의도적으로 혼선을 주었고, 그러면서도 줄곧 담당으로 앉아 광수대 내부 정보를 발설해 왔던 거다."

정진건의 말은 아무런 감정도 담기지 않은 사무적인 느낌이었지만 그렇기에 오히려 강하윤은 더더욱 착잡한 기분이었다.

"그러면 혹시, 저희가 택시 기사를 체포한 직후 현장을 탐문했을 때도……."

강하윤이 힘겹게 뗀 말에 정진건은 담담한 얼굴로 고개를 끄덕였다.

"그래. 거기서 정보가 샜겠지. 뭐, 이것도 박순길 형사의 의심에서 출발한 거지만, 이제는 사실상 배성준으로부터 정보가 샜단 걸 확신하고 있어."

그렇게 들으니 강하윤은 조광 전담이던 배성준을 갑작스레 수사에서 배제하고 감찰을 실시한 것도 당연하단 생각이 들었다.

정진건이 말을 이었다.

"그리고 박순길 형사는 지금 조세광의 주변을 탐문 중이지."

조세광?

강하윤은 난데없는 이름의 등장에 눈을 동그랗게 떴다.

"……조세광 말씀입니까? 조세광이라면 분명……."

"맞아, 조설훈의 아들이지."

정진건의 말에서 강하윤은 이번 사건에서 빠져 있던 퍼즐한 조각이 짜 맞춰지는 기분이 들었다.

"아, 그러면 앞서 양상춘 박사님께서 제시하셨던 현장의 '제3자 가설'에 부합하는 용의자로 조세광을……."

잠자코 있던 양상춘은 국물을 밥에 비비다 말고 강하윤의 시선에 고개를 끄덕였다.

"지금은 그런 셈이야. 조세광이 현장에 있었다고 하면 그 우발적이던 현장이며 지동훈에게 빵빵한 변호사가 붙은 것이며, 배성준이 초기에 수사에 훼방을 놓았던 것도 설명이 되겠지. 거기에 더해 조설훈과 조지훈이 해묵은 앙금을 덮어두고 손을 맞잡은 것까지 말이야."

그렇게 말한 양상춘이 씩 웃으며 덧붙였다.

"뭐, 그것도 따지고 보면 강 형사가 소개해 준 사람 덕에 수사의 물꼬가 트인 거지만."

"제가요?"

"음. 도깨비 신문 대표, 자네가 소개해 주지 않았나?"

그야, 그렇긴 한데……. 별 소득이 없다고 하지 않았나?

눈을 깜빡이는 강하윤을 보며 정진건이 양상춘의 말을 받아 이었다.

"실은 도깨비 신문의 김기환 대표에게 익명의 제보자가 도청 기록이 담긴 카세트테이프를 보냈더군."

정진건의 말에 강하윤은 멍하니 중얼거렸다.

"……예? 도청 기록?"

"그래. 조지훈은 박길태를 사주해 조성광 회장의 병실에 도청기를 설치하고 조설훈의 병문안에 맞춰 이를 도청해 왔다."

"……."

"그리고 어떤 연유로든 조세광은 그 도청기를 손에 넣었고, 이를 가지고 박세광을 협박하려고 했으며 그 과정에…… 우리 모두가 주지하고 있는 박길태 피살까지 이어진 거지."

양상춘이 슬쩍 끼어들었다.

"게다가 그 도청 내용 중에는 박상대와 조설훈의 유착이 있었다는 정황도 있었지. 만약 조설훈이 정순애 살해 사건의 공범이라면 무슨 수를 써서라도 그 일을 덮고 싶었을 거야."

"그래. 그 부분도 생각해 봄 직해."

정진건과 양상춘의 말을 들으며 강하윤은 정신을 차리기가 힘들었다.

갑자기 방대한 정보가 중간 과정 없이 훅 덮쳐든 탓이었다.

아직 그 내용을 모두 파악한 건 아니지만, 한번 물꼬가 트이기 시작한 수사는 급물살을 타며 진행되었고, 그건 강하윤이 생각하는 이상으로 진척되어 있었다.

그러고 보니 정진건이 자신과 거리를 두며 따로 움직이기 시작한 것도 그즈음이었다는 것도 생각났다.

그리고 아마, 정진건이 줄곧 그 거리두기를 유지해 왔던 건, 그 정황 속에서 배성준 형사의 배신과 내통을 알아낸 것과 무관하지 않다는 것까지도.

강하윤의 멍한 얼굴을 보며 정진건이 쓴웃음을 지었다.

"다시 한번 말하지만, 나는 강 형사의 자질을 낮잡아 보고 있었어. 이미 스스로 배성준이 어떻단 걸 눈치챘을 줄이야……. 그 부분은 미안하군."

"아, 아닙니다, 선배님! 제가 아직 미숙한 건 사실이고……."

정진건이 고개를 저었다.

"그렇지 않아. 아니, 정확히 말하자면 그렇지 않다는 걸 이제야 알게 되었지. 이 자리에서나마 밝히는 건 내 섣부른 판단 때문에 자네를 수사에서 의도적으로 배제하려고 했던 거야. 다시 한번 사과하겠네."

꾸벅 고개를 숙이는 정진건을 보며 강하윤은 허둥지둥 손을 내저었다.

"그러지 마십쇼. 저라도 그랬을 겁니다. 그런 일은 되도록 아는 사람이 적어야 함은 물론이거니와, 만에 하나 정보가 새면 돌이키기 힘들 수 있으니 말입니다."

강하윤이 멋쩍어하는 얼굴로 볼을 긁적였다.

"만약 제가 선배님이 수사하시는 내용을 알았더라면 오늘
석동출 형사와 이야기를 할 때 눈치채이고 말았을지도 모른
다고 생각합니다."

"그렇지 않을 거야. 자네야말로 오히려 자기평가 기준이
낮은 거 같군."

"예?"

"자신의 능력이 어느 수준에 머물러 있는지 알고 있는 것
도 형사의 중요한 자질 중 하나야."

"아, 시정하겠습니다."

당황하는 강하윤을 보며 양상춘이 킬킬 웃었다.

"정 형사의 농담을 진지하게 받는 걸 보니, 아직 초짜는
초짜구먼."

"……예? 농담이었습니까?"

어리둥절해하며 자신을 바라보는 강하윤의 시선을 정진건
은 슬쩍 피했다.

"……국이 식었겠군. 다시 떠 주지."

강하윤은 아직도 비밀이 새어 나갈까 봐 자신을 수사에서
배제한 것이라 여기고 있었지만, 양상춘은 정진건이 그녀를
일선에서 배제했던 건 그런 이유 때문이 아닐 것이라고 생각
했다.

'아직은 자신들이 속한 조직의 지저분한 일면을 몰랐으면 하는 거였겠지.'

그러나 어느 새끼고 둥지를 떠나야 할 때는 오기 마련이다.

정진건의 불찰이라면 그런 과보호적 측면에서 온 거였지만, 양상춘은 좋은 게 좋은 거라고, 자신이 깨달은 사실을 함구하기로 했다.

'그래도 어색함은 사라졌으니 다행이군. 체할 걱정은 안 해도 되겠어.'

한편, 배시시 웃던 강하윤이 물었다.

"그러면 지금 박순길 형사님께서는 계속 수사 중이십니까?"

정진건이 고개를 끄덕였다.

"음, 그렇지. 그것도 적진 한가운데서."

강하윤이 어깨를 움츠렸다.

"……잘은 모르지만 무척 험난할 거 같습니다."

박순길이 홀로(혼자는 아니지만) 탐문을 하는 동안 맘 편히 밥이나 먹고 있는게 어딘지 미안해서 그랬던 거지만.

……과연 그럴까.

정진건은 박순길이 무엇을 할지 얼추 어림짐작하고 있었지만, 모른 척 고개를 끄덕였다.

"아마도."

벌써 몇 잔째인지도 모르겠다.

'눈치 없는' 파라오 단란주점 사장은 정말로 거하게 한 상을 차려 왔고, 상 위에는 (재사용하지 않은)각종 과일 안주며 노가리, 오징어, 땅콩 따위의 마른안주 일체와 기름이 줄줄 흐르는 돈가스 따위로 즐비했으나 박순길은 당연하다는 듯 안주로 입가심할 기회 따윈 주지 않았다.

장건후가 혀 꼬인 소리로 한탄을 이어 갔다.

"……오늘도 씨잇팔, 아, 죄송합니다아."

"괜찮어, 여기서 싹 다 말해 부러. 나는 자네 편잉께."

"괌삼다, 나으리. 진짜, 이 나이 먹고 씻팔, 고삐리 새끼 뒤치닥거리나 하고, 내가 장건후인데."

박순길이 이온 음료 캔을 따서 주자, 장건후는 히죽 웃으며 음료를 쭉 들이켰다.

"꺼억. 후, 조금 살겠네."

"그래, 여서라도 숨 좀 돌리그라. 잡것, 찬물도 위아래가 있고 똥물도 파도가 있는데, 까짓 고삐리가 장씨 자네를 못살게 굴믄 그거슨 도리가 아니지라. 장유유서가 없으믄 그게 짐승이지 사람인가."

후읍. 장건후가 손바닥으로 입가를 문질러 닦았다.

"맞습니다. 다 옳습니다. 역시 배우신 분이라 말씀이 다,

금괴옥조이십미다."

금과옥조겠지. 꿔다 논 보릿자루처럼 앉아 있던 여진환은 방울토마토를 우적거리며 속으로 중얼거렸다.

그 역시도 '이래도 되는 건가' 하는 생각은 집어치운 지 오래였다.

박순길은 장건후를 쥐었다 폈다 하면서 취조(?)를 이어 갔고, 곧 있으면 형님 동생 할 때도 머지않았겠다고 생각했다.

박순길이 미소 띤 얼굴로 물었다.

"근디 요새 지동훈이는 뭐 허냐?"

이어진 질문에 조금, 제정신을 차렸다.

장건후는 술잔에 손을 대지 않고 치밀어 오르는 욕지기를 억누르며 대답했다.

"잘…… 모르겠습니다."

"어이쿠, 모르면 마셔야제."

박순길은 다시 한번 장건후 앞에 위스키와 맥주가 섞인 폭탄주를 내놓았다.

폭탄주의 근본 조합이라 부를 수 있는 물건이었음에도 장건후는 그걸 보며 반색하는 대신 안색이 파리해졌다.

"자아, 한 잔 꺾어부러."

"……."

옘병.

누구는 수십만 원을 써 가며 마시는 폭탄주임에도 장건후는 사약을 마시듯 눈을 질끈 감으며 벌컥벌컥 술을 마셨다.

"……쿱, 컥, 콜록, 콜록!"

"아따 잘 마신다."

장건후는 후우, 술 냄새가 나는 입김을 토하며 입가를 훔쳤다.

박순길은 그런 장건후를 미소 띤 얼굴로 바라보면서 술을 다시 섞었다.

"그라믄 자네는 지동훈이가 어디서 뭘 하는지는 모른다……이거제?"

"예……. 증, 정말로……."

조금씩 혀가 꼬이기 시작한 장건후는 풀리려는 눈을 깜빡이며 정신줄을 붙잡았다.

하지만 지금은, 아니 애초에 제어가 가능한 주량의 선을 넘은 지 오래였다.

그리고 방금 그 한 잔으로, 장건후가 초인적인 정신력으로 막고 있던 취기가 봇물이 터지듯 훅, 터져 나온 것이다.

"애, 애당초 지동훈이는 노, 노터치하기로, 해씁, 니다."

그래서일까, 입에서 나오는 말은 생각을 거치지 않고 술술 흘러나오는 것이어서, 장건후는 괜한 말을 했다고 후회하면서도 머릿속은 그 후회의 감정마저 먼 곳에 보내고 있었다.

스스로도 이제는 무슨 말을 하는지 모를 지경으로, 머릿속에선 인과가 불명확해져 갔다.

박순길은 슬슬 장건후의 입이 트이기 시작하는 모양이자 비릿한 미소를 지었다.

　"흐응, 지동훈이는 노터치? 거, 파릇파릇한 놈이 벌써부터 라인을 타 뿔고, 쪼까 앵꼽겠네."

　"아뉘, 다, 되들 그룹미다. 오늘도, 히끅, 지동훈 그 새끼는 뭐, 뭔데 빠지고…… 끅."

　장건후의 고개가 삐끗했다.

　'인자 그만 먹여도 되겠구마잉.'

　박순길이 그렇게 생각하는 사이 장건후의 말이 이어졌다.

　"좆, 조세광이 그 새, 새끼는 내가 애들 빠따라도 치면 토, 통제가 된다고 생각하는 모양인데, 요새 애들이 그런다고 말을 들어 처먹, 을 리가 없잖슴까."

　"암. 애들 말 듣게 할라믄 가끔씩 코도 풀어 주고 해야 마땅허지."

　"줴, 제 말이 그겁미다. 씻팔."

　장건후가 품을 뒤지더니 돈 뭉치를 꺼내 탁자 위에 턱 올려놓았다.

　"이, 이딴 걸로 기름칠이 되, 될 리가 없는데, 요런, 요런 거나 던져 주고, 나는 그걸 개처럼 받아먹고!"

　장건후가 탁자 위에 올려놓은 돈을 보며 박순길은 눈을 가늘게 떴다.

　'오늘 조세광이가 푼돈 좀 쥐여 주고 갔다드만, 이거구마

잉. 아따, 고삐리 주머니에 뭔 돈이 이리도 많디야. 두께로 보아하니, 쪼까 되겠어야.'

박순길은 속으로 혀를 내두르며 다시 입을 뗐다.

"그라믄, 어디 보자. 자네는 조세광이 똥구멍 빨아뿔고 쌩고생을 하는디, 지동훈이는 가만히 있다가 줄 한 번 잘 타서 인자는 자네 머리 꼭대기 위에 있구마잉?"

"에이, 씹, 나으리, 거 무슨 섭섭한 소리요!"

장건후가 버럭 화를 냈다.

"내가 부르면 와야지, 지가 뭔데!"

"……하믄, 부르면 오는가?"

"암요! 오구말구요!"

장건후가 가슴을 퉁퉁 쳤다.

"나, 사나이 장건후 아직 안 죽었습다! 까짓 거, 그 새끼, 불러다가 빠따 한번 치죠! 씻팔, 요새 오냐오냐 했더니 빠져 가지고는."

장건후가 몸을 비틀거리더니 양손을 탁자에 짚었다.

"나, 장건후는 개가 아니다! 월월월! 월월!"

……좀, 많이 먹었나?

그때 문을 똑똑 두드리는 노크 소리가 들렸다.

"누구야!"

장건후의 고함에 웨이터가 빼꼼 고개를 내밀었다.

"저어, 애들 불러왔는데요……."

"그러면 들여보낼 것이지, 뭔 눈치를 봐?"

"아, 옙! 들이겠습니다!"

"왜 이렇게 늦어. 새끼들 빠져 가지고는."

그사이, 박순길은 여진환에게 눈치를 주었고, 여진환은 탁자 위에 올려 둔 모자를 다시 푹 눌러썼다.

문이 열리고, 달라붙는 원피스 차림의 여자들이 방으로 줄줄이 들어왔다.

'……아따, 곱다.'

박순길은 저도 모르게 침을 꼴깍 삼켰다가 여진환의 눈치를 살피며 흠, 흠, 헛기침을 했다.

'여 순경, 오해하덜 말어. 이것도 업무여, 업무.'

그러면서도 자세를 고쳐 앉는 박순길은 어쩔 수 없는 수컷이었다.

3장

지동훈이 부랴부랴 합숙소로 갔을 땐, 이미 질펀한 술판이 한창이었다.

그가 이 분위기에 벨을 누르거나 문을 두드려 초를 치지 않을 수 있었던 건, 마당(잡초가 말끔하게 뽑힌) 인근에서 담배를 태우고 있던 조직원들 덕분이었다.

끼익, 하고 마당과 이어진 철문을 비집고 들어온 지동훈을 조직원들이 힐끗 쳐다보았다.

개중 한 단계 위 기수인 사내가 손가락 끝으로 담뱃재를 툭툭 두드려 털며 입을 뗐다.

"왔냐?"

지동훈은 꾸벅 고개를 숙였다.

"예, 형님. 그간 별고 없으셨습니까."

"없긴, 새끼야. 안 그래도 오늘 빠따 한 번 돌았구만."

사내는 그를 한 대 치려는 듯 손을 들어 올렸다가 지동훈이 어깨를 움츠리자 피식 웃었다.

"새끼, 쫄기는."

그러면서 사내는 지동훈의 뺨을 툭툭 가볍게 쳤다.

"됐다. 들어가서 큰형님께 인사나 올려."

"죄송합니다, 형님."

지동훈은 다시 한번 고개를 꾸벅 숙인 뒤 실내로 향했다.

발걸음을 옮기는 지동훈의 뒤로 그를 향한 뒷담이 들려왔다.

"저 새끼, 요즘 편한가 본데. 살갗 허연 거 좀 봐라."

"냅둬. 한창 꿀 빨 때 아니냐."

지동훈은 잠시 멈칫했다가 문을 열었다.

'……젠장.'

김수영이 살아 있을 적엔 이렇게까지 노골적인 무시며 괄대가 없었지만, 지금 지동훈은 그저 봉이었다.

어쩌면 이번 일이 마무리되고 난 뒤엔 잔심부름이나 하다가 박길태 같은 꼴로 전락해 버리고 말 거라는 불안이 지동훈의 가슴께에 스멀스멀 피어올랐다.

바깥에서부터 짐작은 하고 있었지만, 실내는 예상하던 것보다 훨씬 왁자지껄했다.

"가슴이 울적하고 답답할 땐~!"

노래 좀 부른다는 조직원이 오디오 음악에 맞춰 숟가락을 마이크 삼아 최신 유행가를 부르고 있었고, 조직원들은 추임새와 박수를 치며 떠들어 댔다. 개중엔 어디서 공수해 왔는지 탬버린을 흔드는 놈도 있었다.

'……엥.'

보통은 냉동삼겹살이나 굽고 말 회식이 오늘은 무슨 일인지 바닥에 빈 술병이 굴러다녔고, 심지어는 싸구려 위스키도 몇 병인가 보였다.

게다가, 전부는 아니지만 몇몇 '형님'들은 곁에 여자를 끼고 앉아 있기까지.

이제야 깨달은 거지만, 돼지우리 같던 집 안도—비록 여기저기 술병이며 안주 부스러기가 굴러다니곤 있었지만—말끔하게 청소를 마쳐 둔 것이, 여자를 부르려고 그랬던 건가, 하고 생각할 정도였다.

'오늘 무슨 날인가?'

무언가 기념할 만한 일이 있는 날에도 이 정도 규모로 판을 벌인 적은 없어서, 지동훈은 신발도 벗지 않은 채 현관에 서서 잠시 얼을 탔다.

그런 지동훈을 조직원 한 놈이 발견하곤 옆자리의 사내에게 무어라 말을 건넸고, 그는 출장 온 아가씨의 어깨에서 손을 떼며 손짓을 했다.

그제야 지동훈은 얼른 신발을 벗고 형님에게 빠른 걸음으로 다가갔다.

"그동안 별고 없으셨습니까, 형님."

떠들썩한 소리 사이로 사내가 이죽거렸다.

"……지동훈이, 신수가 훤하구만."

"……."

"안 그래도 늦어 가꼬 니한테 삐삐나 함 쳐 볼까 했드만."

"죄송합니다."

최대한 빨리 왔는데, 조금 억울했다.

"됐고, 큰형님께 가 봐라."

다행히도 형님은 '관대하게' 넘어가 주었다.

"예. 실례하겠습니다."

지동훈은 고개를 꾸벅 숙인 뒤 장건후가 기다리고 있는 방의 문 앞에서 잠시 심호흡을 했다.

'……이런 분위기면, 나쁜 일은 아닐 거야.'

지동훈은 문을 두드렸다.

"형님, 지동훈입니다. 부르셨다고 해서……."

"……들어와."

잠시 뜸을 들였다가 들려온 장건후의 목소리에 지동훈은 문고리를 돌렸다.

이미 술을 거하게 마셨는지 목까지 벌겋게 얼굴이 달아올라 있는 장건후는 팬티 바람으로 의자에 앉아 있었는데, 양

무릎에는 거즈가 붙어 있었다.

나쁜 일은 아닐 거라고 생각했는데, 담배를 태우는 장건후의 표정은 어딘지 착잡했다.

몸매가 여실히 드러나는 홑복 차림의 여자는 심드렁한 얼굴로 피 묻은 붕대와 포비든 요오드, 집개와 유리조각 따위가 담긴 대야를 챙겨 일어섰고, 그녀는 껌을 짝짝 씹어 대며 자연스럽게 지동훈을 스쳐 방을 나갔다.

"쿵따리 샤바라 빠!빠!빠……."

진한 화장품 냄새가 등 뒤로 사라지는 걸 느끼며, 지동훈은 방에 장건후 혼자가 아님을 뒤늦게 깨달았다.

방에는 웬 사내가 가만히 앉아 지동훈을 물끄러미 쳐다보고 있었다.

'누구지?'

그때 장건후가 의자 옆에 놓인 재떨이에 담뱃재를 툭툭 털었다.

"뭐 하냐? 문 닫아라."

"아, 예. 죄송합니다."

지동훈이 문을 닫자 바깥의 노랫소리가 조금 잦아들었고, 장건후가 내뿜는 담배 연기에 섞인 한숨 소리가 귓가로 선연하게 들렸다.

"어이, 지동훈."

"예, 형님!"

지동훈은 쪼르르 지동훈 앞에 섰다.

깨닫고 보니 아직 큰형님께 '인사'를 하지 않았다는 걸 자각하곤 꾸벅 고개를 숙였는데.

"됐어, 필요 없어."

장건후는 그 정강이를 가볍게 발로 툭 건드려 가볍게 제지하더니 가만히 앉아 있던 사내를 힐끗 쳐다보았다.

"일단 저……분께 인사드려라."

말을 마친 장건후는 인상을 찌푸리며 다시 담배를 뻑뻑 피워 댔다.

그런 장건후에게 '저분이 누굽니까' 하고 물을 수 있을 리 없어서, 지동훈은 자연스럽게 사내를 향해 허리를 굽혔다.

"처음 뵙겠습니다, 형님! 지동훈이라고 합니다!"

바닥을 내려다보면서 지동훈은 이 초면의 사내가 누구인지 머리를 굴렸다.

'혹시 조광에서 오신 건가?'

모르긴 몰라도 장건후가 한 수 접고 들어가는 걸 보니, 왠지 그럴지도 모르겠단 생각이었다.

사내의 목소리가 지동훈의 정수리로 들려왔다.

"됐어야. 나가 왜 니 형님이여? 고개 들으라잉."

걸쭉한 전라도 방언에 지동훈은 고개를 들었다.

그는 씩 웃으며 몸을 앞으로 기울였다.

"니가 그 지동훈이구마잉."

"예, 혀……. 그렇습니다."

형님이라고 부르지 말라고 했던 것이 생각나 지동훈은 얼른 호칭을 생략했다.

"내는 박순길이여."

박순길은 그렇게 소개를 한 뒤, 의자에서 일어섰다.

"거, 일단…… 서 있지 말고 앉아 보드라고잉."

"아닙니다, 괜찮습니다."

"어허."

"……실례하겠습니다."

지동훈이 마지못해 자리에 앉고 나자, 박순길은 지동훈의 어깨를 한 손으로 짚더니.

"소개가 늦었지라?"

빈손으로 품을 뒤져 수첩을 꺼내 지동훈의 코앞에 들이밀었다.

"나는 강력계 박순길 형사여."

"……!"

그 말과 행동에 지동훈은 식겁하며 튕기듯 일어서려 했으나, 어깨를 짚고 있는 박순길의 아귀힘에 눌려 그러지 못했다.

"아따, 새끼. 앉아 있으라."

"……."

지동훈은 황망한 표정으로 장건후를 힐끗 살폈지만, 그는 여전히 떨떠름해하는 얼굴로 담배만 뻑뻑 피워 댈 뿐이었다.

도대체 무슨 일이지?

경찰이 왜 여기, 합숙소 안에, 그것도 장건후와 함께 있는 것인가?

지동훈은 상황이 어떻게 돌아가는지 몰라 머리가 핑핑 돌았다.

박순길이 실실 웃으며 경찰수첩을 도로 품에 넣었다.

"지동훈이."

"……."

생각하느라 대답하지 않았더니, 박순길은 그걸 저항의 몸짓으로 읽었던 모양이었다. 박순길의 손가락이 지동훈의 어깨를 강하게 파고들었다.

"……윽."

"대답해야지. 지동훈이."

"예……."

"옳지. 쪼까 말귀를 알아먹는 거 같아서 다행이여."

박순길은 지동훈의 뺨을 가볍게 툭툭 건드려 주고는 손가락 두 개를 까딱였다.

"장씨. 담배."

장건후는 인상을 찌푸리며 일어서서 박순길의 손가락 사이에 담배를 끼워 주었다.

그리고 박순길은 장건후가 손수 붙여 준 불로 담배를 맛있게 한 모금 빨더니 후우, 연기를 허공에 뿜었다.

"아, 혹여나 사람 부를 생각은 하덜 말어. 바깥에는 우리 아그가 쫙 버티고 서 있응께. 으잉?"

애당초 그럴 배짱도 없었다.

물론 바깥의 조직원들과 함께 작정하고 덤비면 형사 한 사람 담그는 것쯤이야 일도 아니겠지만, '경찰을 건드려선 안 된다'는 것이 이 바닥의 불문율이었다.

'게다가 큰형님도 가만 계시고.'

그렇다고는 하나, 혼자서 여기까지 들이닥친 걸 보니 저 박순길이란 형사도 목숨이 몇 개쯤은 되는 모양이라고 생각했다.

'……설마, 큰형님은 벌써 경찰에 붙은 건가?'

지동훈이 머리를 굴리는 사이 박순길이 바닥에 담뱃재를 톡톡 털면서 말을 이었다.

"그건 그렇고, 자네. 나가 왜 여기 왔는지 알겠는가?"

알 리가 있나.

지동훈이 힐끗 장건후를 보았지만, 그는 떨떠름해하며 도로 자리에 앉을 뿐이었다.

지동훈은 장건후의 눈치를 살피며 대답을 쥐어짜 냈다.

"……잘 모르겠습니다."

"흐응, 그려? 나는 자네가 아주 잘 알 것이라고 보았는디. 아, 혹시 저짝에 장씨 눈치를 살피는 거시당가?"

박순길이 고개를 돌려 장건후를 보았다.

"장씨, 괜찮겠는가?"

"……예."

장건후가 고개를 끄덕이자마자.

콰당.

박순길이 의자 다리를 후려 지동훈을 바닥에 쓰러트렸다.

박순길은 직후, 지동훈의 얼굴 위에 발바닥을 올리며 가볍게 무게를 실었다.

"봤제? 나가 여서 니 대갈통을 사뿐히 즈려밟아 부러도 장씨는 아무 말도 하지 않을 것이여. 혹여나 의리를 지키는 거라믄, 사람과 장소, 때를 잘못 살폈어라."

"아, 아, 아닙니다!"

지동훈이 얼른 입을 열었다.

"말할게요! 말하겠습니다! 무엇이든 물어보십시오!"

"……오잉."

비굴하기까지 한 지동훈의 모습에 박순길이 머리를 긁적였다.

'입에 자물쇠를 채운 놈이래서 만만치 않게 봤드만 그게 아닌갑네. 그라믄…….'

박순길은 지동훈의 얼굴에서 발을 치우곤 그 쓰러진 앞에 쪼그려 앉았다.

"니 혹시 조세광이한테 협박당하고 있나?"

방금 전과 달리 퍽 사근사근한 어조였다.

거기에 더해, 그는 '조세광'을 콕 짚어 지목하고 있기까지.

"……."

그 짧은 정적 속에서 문 너머, 걸쭉한 노랫소리가 들려왔다.

더벅머리 사나이에 상처를 주고 너 혼자 미련 없이 돌아서서 가는가 배신자여 배신자여……

자신에게 전화를 걸었던 형님의 18번이었다.

지동훈은 그 스스로 왜 지금 노래 가사를 음미하는지 모르겠단 생각을 했다.

박순길이 인상을 살짝 찌푸리며 정적을 깨트렸다.

"야야, 방금은 뭐든 대답한다 안 했드나?"

지동훈은 퍼뜩 정신을 차렸다.

"……아, 아뇨. 예. 그렇습니다. 협박을 당하고 있습니다."

뱉고 보니, 이제 끝났단 생각이 들었다.

"……뭘로?"

"……저희 가족을."

마지못해 답한 말에.

"아따야."

박순길이 인상을 찌푸렸다.

그 조용한 분노는 물론 지동훈을 향한 것은 아니었다.

'원래 깡패 놈들 사이에서도 가족은 안 건드는 게 그 바닥

의 마지막 선이었는데……. 근본 없는 것. 아주 선을 넘는구마잉.'

물론 그건 어떤 도덕적 관습에 따른 관념은 아니었고, 서로의 가족을 건드는 순간 끝없는 항쟁이 시작된다는 걸 알기에 갖춰진 불문율이었다.

하지만 한편으론 그 불문율 자체가 깡패들로 하여금 자신들에게 남아 있는 일말의 양심 같은 것으로 여기게끔 만드는 것이기도 했다.

박순길은 입에 담배를 물고는 끙차, 하고 지동훈을 똑바로 앉혔다.

"똑바로 앉그라."

"예, 옙!"

지동훈은 다시 박순길의 폭력이 이어질까 겁을 집어먹은 눈치였지만, 박순길도 딱히 사디스트는 아니다.

그는 오히려 지동훈의 태도를 보곤 일이 쉽게 풀리겠단 생각을 할 뿐이었다.

여차하면 바깥에 대기 중인 여진환에게 지원 요청이며 권총을 꺼내 들 각오까지 했던 그였지만, 박순길의 눈에 지동훈은 깡패 짓을 할 깜냥은커녕, 길을 잘못 든 풋내기에 불과했다.

이럴 때는 상대를 구슬려 그가 원하는 걸 제공해 주기만 해도 일이 쉽게 풀린다.

"동훈아."

"예."

"경찰을 너무 빙다리 핫바지로 생각하덜 말어. 니 가족은 경찰이 얼마든지 보호해 줄 수 있응께."

"……."

"장씨도 이미 우리 편잉께, 걱정 말그라. 여긴 다아 니 편이여."

박순길의 말을 들으며 장건후는 속으로 쓴웃음을 지었다.

'지랄.'

그저, 엎질러진 물이었을 뿐이었다.

술이 조금 깨고 나니 그제야 자신이 고문에 못 이겨 못 볼 꼴을 보이고 말았을 뿐만 아니라 '너무 많은 말을 했다'는 걸 깨달았을 뿐이었고, 박순길은 그런 자신에게 '거절할 수 없는 제안'을 던져 왔을 뿐이었다.

'깡패보다 더 징그러운 놈이야.'

그리고 박순길은 장건후에게 했던 제안을 조금 부드럽게 비틀어 입을 뗐다.

"물론 조광에 관해서도 허벌 걱정할 필요 없고 말이여."

장건후는 지금도 취기로 인해 제대로 몸을 가누지 못할 지경이었지만, 머릿속은 말짱했다(라고 생각하는 중이었다).

그가 정신을 차린 건, 파라오 단란주점을 나와 아가씨들을 태운 승합차에서 아지트로 향하는 길 중간, 운전기사가 재빨리 건넨 비닐봉투에 한 차례 토악질을 하고 난 뒤였다.

그제야 장건후는 자신이 무슨 짓을 했는지, 그리고 뭘 하고 있는 건지, 앞으로 어떻게 할 예정인지를 자각할 수 있었다.

옆자리의 박순길이 툭툭 등을 두드려 줄 땐 이미 '망했다'는 생각뿐이었다.

경찰 앞에서 미주알고주알 할 말 못 할 말 다 불었을 뿐만 아니라, 경찰을 대동하고 아지트로 간다?

그날로 깡패 일은 접어야 할 일이었다.

'내가 미쳤지, 미쳤어!'

그래서 장건후는 차라리 박순길을 '작업'해 버릴까 생각도 했을 정도였지만, 박순길도 만만치 않았다.

그는 여진환을 바깥에 대기시킨 뒤, 30분이 지나도 자신에게서 연락이 오지 않으면 경찰기동대를 부르라고 말했다.

생각해 보면 일부러 존재감을 지우고 있었지만, 단란주점엔 여진환도 있었다.

여진환은 장건후의 극단적인 선택을 막을 보험이자 조커였던 것이다.

물론 박순길은 거기서 그치지 않았다.

똘마니들은 장건후와 함께 들어온 박순길을 보고 '뉘신지'

하는 얼굴이었지만, 이내 장건후가 별말 없이 그를 대동한 데다 장건후가 여자를 데리고 오며 술값을 거하게 쥐여 준 것에 정신이 팔려 '본사(?)분이신가 보다' 하고 가볍게 넘겨 짚을 뿐이었다.

호랑이 굴 깊숙한 곳까지 들어온 박순길은 장건후로 하여금 '귀가 솔깃할 만한 제안'을 던졌고, 그건 장건후 입장에서 거절할 까닭이 없는 것이었다.

'……뭐가 됐건 애새끼 뒤나 닦아 주는 것보단 훨씬 낫지.'

그리고 지금, 박순길은 지동훈에게 장건후에게 했던 제안을 변주해 들려주고 있었다.

"자네, 지금 조광이 어떤지는 아는가?"

"예?"

지동훈은 어리둥절해하는 얼굴이었고, 박순길은 담뱃재를 툭툭 털더니 그걸 지동훈에게 건넸다.

"일단 받아."

"……감사합니다."

지동훈은 망설이며 담배를 한 모금 빨았다.

그사이 박순길의 말이 이어졌다.

"얼마 전에 조성광 회장이 중환자실로 자리를 옮겼어라."

"……."

박순길의 말이 시사한 바는 아주 컸다.

말인즉 조광을 만들고 세웠던 왕국의 지배자, 조성광의 용태가 악화되었단 내용이었다.

이는 아직 기자들 귀에도 들어가지 않은 내용이거니와 장건후는 물론이고 지동훈 같은 말단은 알 수 없는 정보였다.

"그라고 작금의 조광은 조설훈이랑 조지훈, 두 형제가 노나 묵을 준비를 하고 있는 것이여. 그건 자네도 알고 있제?"

"……예."

그리고 조성광의 죽음이 머지않은 지금, 조설훈과 조지훈 사이의 형제 싸움은 파벌 다툼으로 번지며 조광 전체에 혼란을 불러올 것이었다.

하지만 그렇다고는 하나, 박순길이 말한 건 지동훈 같은 말단 중의 말단에겐 별 가치가 없는 정보이기도 했다.

그들에게 아득한 윗선의 누가 어땠고 저랬다고 하는 건 운명처럼 불가피한 것이면서도 그 물길에 몸을 싣고 둥둥 떠내려가는 것 외엔 할 수 있는 일이 없는 것이기도 했다.

그러나 만약 자신이 그 물줄기 위에 올라탄 낙엽이 되었다면, 최소한 어느 물살을 타고 움직여야 좋을지 정도는 판단할 수 있으리라.

"장 씨, 담배."

박순길은 장건후에게 다시 담배를 받으며 말을 이었다.

"자고로 어느 조직이건 간에 대가리가 바뀌믄 한바탕 난리가 나 버린당께."

갑자기 무슨 일반론인가, 싶었지만 박순길은 아랑곳하지

않았다.

"느그도 거시기, 봉식이가 하우스 굴리다가 학교로 가 부린 담에 여기 있는 장 씨가 관리를 해 주잖어?"

그런 것도 알고 있는 건가?

확실히, '큰형님'이 경찰에 체포된 뒤, 지금은 장건후가 (조세광의 명령으로) 지동훈이 속한 조직을 맡아 관리해 오고 있었다.

지동훈은 멀거니 눈을 깜빡였고, 박순길은 그런 지동훈의 반응이 재밌다는 듯 씩 웃었다.

"나가 아무것도 모를 거라고 생각했는가? 다시 말해 불지만 경찰은 빙다리 핫바지가 아니여."

"……."

물론 그 내용은 마당발인 여진환에게 들은 것이었지만, 박순길은 '뭐든 알고 있다'는 허세가 이 협상의 고지를 점하는 것에 유리하다는 걸 잘 알고 있었다.

어쨌건 지동훈이 이해한 듯하자 박순길이 고개를 끄덕여 가며 말을 이었다.

"암튼간에, 장 씨가 느그 관리를 시작한다 할 적에 똘마니 전부가 돌아온 건 아닐 것이여. 몇 놈은 그대로 손을 씻었제. 안 그런감?"

지동훈은 꿔다 논 보릿자루마냥 가만히 앉아 줄담배만 태우는 장건후를 힐끗 살피며 마지못해 대답했다.

"……예."

박순길의 말마따나였다.

예전 큰형님의 직속, 그가 신뢰하던 이들은 소집에도 돌아오지 않고 자연스럽게 조직을 떠났다.

그건 '경찰에 잡혀간 큰형님'에 대한 의리 때문이 아니라, 장건후가 마지못해 맡은 조직에 계속 있어 봐야 별다른 재미를 보지 못할 거란 걸 구르며 익힌 짬밥으로 눈치챘기 때문이었다.

그럴 바에는 차라리 예전 큰형님의 출소를 기다리거나 아예 다른 일을 찾아보는 편이 나았다.

할 줄 아는 게 주먹질이나 협잡뿐이라고 해도, 어차피 이런저런 불법적인 일거리는 예전에 쌓아 둔 인맥이나 꽁쳐 둔 목돈으로 어찌 저찌 뚫을 수 있으니까.

실제로도 그러했다.

만약 조세광이 중간에 개입해 조직을 부활시키지 않았더라면, 장건후의 방관 속에 이곳도 그대로 사라졌으리라.

결국 남은 이들은 그조차도 시도할 수 없었던 말단에 불과했다.

"회사란 거도 마찬가지여."

박순길이 담배를 한 모금 빨았다가 연기를 뱉었다.

"후우. 조성광이 죽고 나믄 조설훈이가 장남이니, 회사를 묵는 게 자연스럽다고는 해도, '조설훈이를 따라가야지' 생각하는 사람은 많지 않단 말이여."

그게 그렇게 되나?

지동훈은 회사가 어떻게 운영되는지는 모르지만 방금 전 비유를 듣고 나니 왠지 그럴 것 같을 것 같단 생각이 들었다.

"마침 조광은 거시기, 예전부터 요런조런 조직을 집어삼켜 가며 커 오지 않았던가. 그러니 조성광 회장의 말까진 들어도 그 자식새끼 말까지는 듣지 않겠소, 하는 사람들도 적지 않단 거여."

"……."

박순길이 손가락으로 담뱃재를 툭툭 털었다.

"그렇다고 고걸 가만 냅두믄 조설훈이 똥꼬 빨아 주던 놈들이 요직을 다 차지해 부릴 거시 아니겠는가. 거 앵꼽제. 내가 낸디, 하는 사람들 눈에는 참말로 앵꼽은 일일 것이여. 그라도 우째, 뭐 손댈 수 있는 게 없지비. 조설훈이가 장남인데, 조성광이의 당당한 핏줄이라는데, 지들이 뭘 어쩔 거시여."

박순길이 어깨를 으쓱였다.

"그라니 원래라믄, 거시기, 조설훈이가 장남으로서 조광을 묵겠제. 근디 조설훈이만 조성광 아들이 아니여. 조광에는 조설훈이 못지않게 느자구없는 조지훈이도 있당께."

느자구없단 사투리의 뜻은 모르겠지만, 느낌상 조지훈의 역량도 만만치 않단 것쯤은 알겠다.

"헌데 이걸 가만 내불면 조지훈이는 손가락만 쭉쭉 빨아야 쓰는디, 아따, 어디 조지훈이가 가만히 앉아 손가락만 빨 양반이당가? 우짜든동간에 제 몫을 챙겨야겠단 생각이 있는 인간이지. 고걸 보믄 조지훈이도 야망이 큰 작자여. 그라니 여기저기서 사람을 긁어모았제."

박순길은 잠시 뜸을 들였다가 씩 웃었다.

"근디 여서 문제가 터져 부렀어. 어랍쇼. 조지훈이가 조설훈이의 약점을 잡아 부렀네?"

그러면서 박순길은 지동훈을 물끄러미 쳐다보았고, 그는 하는 수 없이, 그리고 박순길이 하는 말을 알아듣는단 척이라도 하려고 맞장구를 쳤다.

"약점…… 말씀입니까?"

"글치. 약점."

박순길은 다시 담배를 한 모금 태웠다.

"여서 얼마 전에 뒈져 뿐 박길태가 나와야."

"……."

박길태.

지동훈은 죽을 때까지 잊지 못할 이름일 것이다.

박순길은 힐끗 지동훈의 안색을 살폈다가 어조를 고쳐 말을 이었다.

"박길태는 조지훈이의 명령으로 조성광의 병동에 도청기를 설치했지. 글고, 그것을 손에 넣은 것이 조세광이여."

"……."

도청기.

거기서 지동훈의 머릿속엔 그날, 야산에서 있었던 장면이 오버랩 되듯 떠오르기 시작했다.

「이게 뭔지는 잘 알지?」

그러면서 조세광은 카세트테이프를 보란 듯 흔들어 보였다.

이후 이어진 대화는 거리가 멀어 잘 알 수 없었지만, 조세광을 마주한 박길태의 표정이 시시각각 변하던 것은 또렷하게 기억하고 있었다.

김수영은 도중에 조세광이 불러서 가까이 갔으니 무슨 대화를 나누었는지 그 내용을 알고 있었겠지만, 지동훈 자신은 아니었다.

그저, 사태가 심상치 않게 돌아갔고, 조세광은 히죽거리며 박길태를 가지고 놀다가 품에서 만화책을 꺼냈다.

그 뒤, 권총이 바닥에 툭, 떨어졌다.

조세광은 재빨리 권총을 주워 박길태의 이마를 겨눴고, 말릴 새도 없이 몸싸움이 벌어졌다.

이후는…….

"장 씨, 재떨이."

"예."

박순길은 담배를 마저 태운 뒤, 장건후가 대령한 재떨이에 꽁초를 비벼 껐다.

"니도 그거 다 피웠으믄 여다 버리라."

"아…… 아, 옙!"

어느새 손가락까지 온 담뱃불을 자각한 지동훈은 얼른 꽁초를 버렸다.

박순길이 재떨이를 도로 장건후에게 건네며 말을 이었다.

"동훈이 니는 증언하기를 현장에서 김수영과 박길태가 만나 말다툼을 벌이던 도중, 박길태가 먼저 총을 꺼내 들었고 몸싸움 중에 허공에 세 발이 발포되었다. 김수영은 그 뒤 복부에 총을 한 방 맞았고……."

그러면서 박순길은 지동훈의 복부 한 곳을 손가락으로 쿡 찔렀다.

박순길은 움찔하는 지동훈에게서 손가락을 떼지 않은 채 말을 이었다.

"그 상태에서 총을 **빼앗아** 박길태를 쏘아 죽였다, 고 말했제."

"……."

"쪼까 거시기허지 않은가?"

그렇게 말하며 박순길은 가져다 댄 손가락을 쑥 밀어 넣었다.

"……읔."

지동훈의 신음에 박순길이 픽 웃으며 손가락을 뗐다.

"요렇게, 요짝에 손가락 하나만 콕 찔러도 아파 뒈지뿔긴디, 하물며 총알이 박혔는디 반격이 되나?"

"……."

지동훈의 침묵을 보며 박순길이 어깨를 으쓱였다.

"과학수사란 것이 있어야. 다들 잘 모르는디, 대한민국 과학수사는 세계적으로다가 알아주는 편이여. 그랴, 우덜 경찰은 동훈이 니가 말한 거시기에서 말이 안 되는 걸 허벌나게 찾아 부렀지."

박순길은 지동훈이 앉은 의자 팔걸이를 손으로 짚었다.

"카세트테이프, 자네가 허공으로 날라가 부렀다고 한 총알 세 발. 글고 박길태가 배때기에 둘러 갖고 온 만화책. 다 찾았당께."

"……."

박순길의 싸늘한 눈을 지근거리에서 마주한 지동훈은 다시 입안이 바짝 마르는 기분이었다.

거기서 박순길은 보란 듯 씩 웃으며 몸을 일으키더니 지동훈의 어깨를 툭툭 두드렸다.

"됐어야. 뭐, 나가 동훈이 니 위증을 갖고 거시기해 불라고 온 것이 아닝께."

"……."

"암튼 우리는 김수영이랑 박길태 둘이 동귀어진을 해뿐 게 아니고, 거짝에 거시기, 제3자가 있었다, 하고 결론을 내렸어야."

그 제3자가 누구인지, 박순길은 굳이 언급하지 않았다.

그 대신, 방금 전까지 느껴졌던 냉골 같던 어조를 고쳐 대수롭지 않은 듯 말을 이었다.

"아까 조지훈이가 조설훈이 약점을 잡아 부렀다고 말했제?"

"……."

박순길이 미간을 좁혔다.

"아따, 대답해도 되야."

"……예. 기억합니다."

"……암튼, 돌아가서. 그 약점이라 카는 건 쥔 동시에 '고걸 우째 알았당가' 하는 것도 중요한 법이여. 명분, 알제? 니들이 좋아하는 말이잖어."

박순길은 히죽 웃으며 말을 이었다.

"근디, 도청기를 지 아부지 병실에다 설치했어야? 아따, 그런 호로 잡놈이 으데 있당가. 동네 사람들 여기 와 보쇼잉! 암튼간에 고놈의 거시기는 조지훈이한테도 아킬레스건이었다, 이거여. 그래서 요새는 둘이 서로가 없이 못 사는멩구로 바투 붙어 댕기지마는, 고거시 우애 깊은 형제라서 그라나? 다아 꿍꿍이가 있는 것이지."

박순길이 고개를 주억거렸다.

"그라도 남정네 둘이 맨살을 부대끼긴 거시기하잖여? 여
서 조설훈이랑 조지훈이는 중간에 사람 하날 놓았다 이거여.
고거시 요즘 떠오르는 조광의 샛별인 구봉팔이란 작자고."

그래서 대체 무슨 말을 하고 싶은 걸까.

박순길은 그런 지동훈의 속내를 읽은 듯 미소를 이어 갔
다.

"즉슨, 조지훈이랑 조설훈이는 하는 수 없이 손을 잡아 부
렸지만, 서로의 등에 비수 꽂을 순간만 기둘고 있는 거시
고…… 이건 다시 말하자믄 불만 붙이면 펑 하고 터지는 화
약고랑께."

박순길은 그윽한 시선으로 지동훈을 내려다보았다.

"이건 누군가가 입만 벙긋해 주믄 죄다 나가리가 된단 의
미여."

"……."

그 직후, 박순길이 미소를 슬쩍 거두었다.

"글고 개새끼 두 마리가 싸우는 동안 개장수는 몽둥이를
들고 기다리는 거여. 조설훈이나 조지훈이나 그놈이 그놈잉
께, 대가리 바뀌고 둘이 피 터지게 싸우는 동안 어느 한 편을
들 필요가 없어야."

"……."

박순길이 말을 이었다.

"즉, 자네가 조세광이를 겁낼 필요는 허벌 없다는 것이지."

박순길은 지동훈이 조광 그룹 전체에 불씨를 당길 존재임을 시사했다.

지동훈은 박순길이 하는 이야기의 반도 알아들을 수 없었지만(거기엔 박순길의 사투리 탓도 있었다), 자신의 증언이 조광 전체에 어떤 영향을 끼칠 수 있을지를 깨닫곤 멍한 얼굴로 눈을 껌뻑였다.

거기에 더해서, 조세광을 겁낼 필요가 없다니.

눈앞의 형사는 분명 가족을 보호해 주겠다고 장담했으나, 그것이 어느 정도까지, 언제까지 지켜질지도 알 수 없었다.

만일 조광 자체가 어수선해지고 조씨 일가가 몰락한다면 보복을 걱정하지 않아도 될 것이지만.

과연 박순길의 말대로 될 것인가.

분명, 조세광의 살인 자체는 중죄였다.

하지만 돈만 있으면 살인도 없던 것으로 만들 수 있는 시대 아닌가.

조세광이 거물 변호사를 선임해서 형량을 낮추고 출소를 한다면, 그 뒤는 또 어떻게 될 것인가.

선택의 기로였다.

물론 자신은 여기서 박순길의 말에 찬동하는 척, 조세광에게 장건후가 경찰 편에 붙었다는 걸 알리는 수도 있다.

조세광은 분명 이렇게 말했다.

「……알지? 나는 은혜를 잊지는 않아.」

그리고 지동훈의 가슴 깊이 박혀 있던 말이 새삼 상기되었다.

「조……세광 그 새끼, 믿지 마.」

그렇다면 눈앞의 형사는 과연 믿을 만한 인물인가.

아니, 애당초 정말로 형사이긴 한 걸까.

혹시 조세광이 함정을 파고 자신을 떠보려고 하는 거라면……

'그럴 리가. 하려면 진작 했겠지, 이제 와서…….'

침묵이 길게 이어졌다.

박순길은 미혹에 빠진 지동훈을 태연한 얼굴로 바라보고 있었지만, 내심은 그렇지 않았다.

'아따, 새끼.'

박순길도 이 자리에서 모든 패를 꺼내 놓지는 않았다.

만약 지동훈이 좀 더 야심이 있는 사내라면, 조세광에게 쪼르르 달려가 경찰 수사가 어디까지 진척되었는지를 알릴 수도 있으리라.

그래서 그는 박길태가 남긴 도청 사본이 손에 들어왔단 이야기는 꺼내지 않은 것이다.

무엇보다도, 장건후와 지동훈이 소리 한 번만 질러도 거실에 있는 조직원들이 우르르 달려올 것이기도 했다.

박순길은 손에 밴 땀을 들키지 않게끔 손바닥을 슥, 바짓단에 문질렀다.

"글고, 이게 동훈이 자네에게 주어진 마지막 기회여."

박순길이 허세를 부렸다.

"다시 말하지만 경찰은 조세광이를 잡아넣을 증거가 충분항께. 솔찬히 말하자믄 굳이 자네의 입을 빌리지 않더라도 상관이 없어야."

"……."

"나가 이 자리까지 온 것도 거시기, 동상을 걱정하는 마음에서 한 말이지라. 위증이라는 건 큰 죄여. 하지만 조세광이한테 협박을 당해 부렀어요, 하고 말만 하믄 그것도 다아 없던 일이 되부리니께 그쪽은 걱정하덜 말어."

다만, 이번 말은 박순길의 악수(惡手)였다.

궁지에 몰려 허세를 부리는 사람일수록 말에 사족이 달리기 마련이고, 눈앞의 상대가 지동훈이 아닌 장건후, 아니 죽은 김수영 정도의 직관만 있었어도 거기서 협상의 우위를 점할 수단을 강구했으리라.

하지만 오랜 시간 심신이 피폐해져 있던 지동훈은 그 말에 마음이 조금 흔들렸다.

'마침 큰형님도 넘어간 거 같고……'

그러나 장건후의 생각은 달랐던 모양이었다.

"나으리."

장건후가 입을 떼자 박순길은 흠칫한 걸 내색하지 않으며 고개를 돌렸다.

"뭐여?"

돌아보니 장건후는 주섬주섬 바지를 챙겨 입고 있었다.

"저희의 안전은 확실한 겁니까?"

바지를 다 입은 장건후가 지퍼를 채우며 박순길을 물끄러미 바라보았다.

"말씀하신 대로 백번 양보해, 조세광이 박길태를 죽였다고 칩시다."

개새끼도 제 구역에선 한 수 먹고 들어간다고, 합숙소 한가운데 자리 잡은 장건후의 말에는 거침이 없었다.

"하지만 조세광이는 기껏해야 고삐리 아닙니까. 빵에 들어가 봐야 오래 있지도 않겠죠."

"……"

"게다가 조세광을 건들게 된다면, 조설훈도 가만히 있지 않을 겁니다. 분명 조광이 가진 모든 역량을 총동원해 조세광이를 지키려고 하지 않겠습니까?"

장건후가 비릿한 미소를 지었다.

"그러니 저로서는 동훈이에게 조설훈이 보복하지 않으리란 확신이 필요할 거 같군요."

그러면서 제법 영리하게도, 그는 자신의 입장을 직접적으로 언급하는 대신 지동훈을 이용해 박순길의 반응을 떠보기까지 했다.

'저 새끼가 술이 깼구마잉.'

박순길은 속으로 쓴웃음을 지었지만, 얼굴에 이를 드러내지 않으려 일부러 인상을 찌푸렸다.

"……시방, 경찰을 못 믿는 거시여?"

"그럴 리가요. 나으리는 믿습니다. 하지만……."

장건후가 천천히 말을 이었다.

"저도 이 바닥에서 보고 배운 게 있다 보니, 모두가 나으리 같지는 않단 것도 알고 있습니다."

"……."

하기야, 단란주점 때 일을 생각해 보면 그는 자신이 건네는 뒷돈을 뻔뻔하게 받아 챙기는 부패 경찰을 숱하게 봐 왔을 테니까.

"경찰 입장에서야 조세광이 구속되는 것으로 수사가 종결되겠지만, 남아 있는 저희는 앞으로도 쭉 살아가야 하지 않겠습니까. 해서……."

장건후는 선 채로 박순길을 물끄러미 쳐다보았다.

"다시 한번 말씀드리지만 저와 동훈이가 나으리께 협조하기 전, 조설훈이 보복하지 않으리라는 확신이 필요합니다. 그리고 그 확신에는 형사님이 말씀하신 추측 이상의 보장이 필요하겠죠."

그 사뭇 도발적인 말에 박순길이 인상을 찌푸렸다.

"자네는 나가 했던 야그가 다아 내 머릿속에서 나온 거라고 보는가?"

장건후는 어깨를 으쓱였다.

"그럴 리가요. 저는 그저 조세광이 구속되는 것만으로는 조광이 분열되기는커녕 더 굳건해질지도 모른단 의미에서 드린 말씀입니다. 이미 외부에서는 조설훈과 조지훈 두 사람이 해묵은 앙금을 접고 한데 힘을 합쳤단 듯 보이는 게 중론이거든요."

장건후가 목소리를 내리깔았다.

"실제로 두 형제간에 앙금이 남아 손만 대도 분열 직전이라면, 그리고 그걸로 조광이 힘을 잃고 폭삭 주저앉는다면……."

장건후가 픽 웃으며 고개를 저었다.

"아니, 이 이야기는 접어 두죠. 어쨌건 저로서는 왠지 이런 상황에 조지훈이 제 몫을 챙기기보단 지금처럼 조설훈의 편을 들어 조광을 지키는 일에 힘쓰지 않을까, 생각합니다."

"고거야말로 장 씨 자네의 머릿속에서 나온 생각일 뿐이지 않는가?"

지지 않고 받아친 박순길의 말에 장건후가 씩 웃었다.

"아뇨. 저희 그룹 내에서 조설훈이 가진 단단한 입지를 생각해 본다면 여간한 일에는 꿈쩍하지 않을 겁니다. 그건 조세광이 저지른 과오를 덮을 수 있을 만큼 단단할 거라고 봅니다."

장건후가 다시 고개를 돌려 박순길을 보았다.

"정말로 조광이, 정확히 말하자면 저희 회장님 때부터 내려온 탄탄한 승계 과정이 무너지려면 별도의 요인이 필요할 거라고 생각합니다. 그건 나으리도 아실 테죠."

그렇게 말하며 장건후는 보란 듯 문간을 힐끗 쳐다보았다.

문 너머에는 조직원들이 아직도 떠들썩했다.

"그렇게 되려면 좀 더 확실한 '거시기'가 필요할 것 같은데…… 왠지, 나으리께서 아직 저희에게 말씀하지 않은 것이 있는 것 같아서 말입니다."

"……."

씁.

장건후의 말마따나, 조세광 한 사람의 일탈만으로는 조광이 무너지지 않는다.

조세광은 어디까지나 실세인 조설훈의 아들에 '불과'했고, 그 스스로는 아직 조광에 이렇다 할 영향력을 행사하지 못하는 입장이었으니까.

그 부분을 걸고넘어진 장건후는 제법 만만치 않은 상대였다.

'새끼. 여서 고로코롬 나온다 이거여?'

지금 장건후는 '이렇게 죽으나 저렇게 죽으나 궁지에 몰린 건 매한가지'라는 입장을 견지하고 있는 셈이었다.

그리고 차라리, 필요하다면 이 바닥에서 배신자란 낙인이 찍혀 몰락하느니 별것 아닌 명예를 택할 수도 있다는 암시까지.

게다가 조설훈의 보복이 걱정된다는 건 뒤집어 말해, '의리'를 지킬 때면 그에 합당한 보은이 있을 거란 의미기도 했으므로.

또한 그 담력에는 아직 덜 깬 술도 한몫하고 있으리라.

박순길은 잠시 장건후를 노려보다가 한숨을 후, 하고 뱉었다.

감췄던 패를 꺼낼 때였다.

"박상대."

박순길의 나직한 말에 장건후가 눈을 깜빡였다.

"예?"

"박상대 말여. 혹시 모르는가?"

장건후가 고개를 저었다.

"아뇨, 알고 있습니다. ……얼마 전에 죽은 국회의원 아닙니까."

언론에서 연일 대서특필을 했던 일이다. 그걸 모를 수는 없으리라.

"그랴. 하믄, 자네는 박상대가 사람을 죽인 것도 아는가?"

"박상대가요?"

박순길이 고개를 끄덕였다.

"박상대는 지 애까지 낳은 옛날 애인을 죽였지라. 그리고 박상대 그놈은 그 시체를 아주 못 알아볼도록 만들어가 한강에 던져 부렀어."

그제야 장건후는 어렴풋한 기억이 정리되었다.

"……한강에서 반지가 발견된 그 사건, 말씀이십니까?"

일명 한강 변사체 사건.

반지의 주인을 둘러싸고 인터넷에서 촉발된 그 의혹은 급기야 공중파를 타며 전 국민에게 알려졌다.

그로 인해 박상대는 궁지에 몰렸고, 여론은 박상대를 구속해야 한다는 방향으로 기울었지만…….

그조차도 결국 박상대란 거물의 황당한 죽음으로 인해 묻히며 되레 검경의 늑장 대응을 비난하는 것으로 여론의 방향도 바뀌고 말았다.

박순길이 고개를 까딱였다.

"뭐여, 알고 있구마잉."

"……정말이었군요."

관련해선 장건후도 단순 찌라시인 줄로만 알았던 것인데, 박순길은 이를 실재했던 것으로 확정하고 있었다.

박순길이 어조를 바꿔 말을 이었다.

"근디 혹시, 자네는 거시기를 박상대 혼자서 했다고 보능가?"

"……."

"거서 도청기가 나오지라."

도청기.

이번 사건의 시발점이자 핵심인 물건이었다.

"조지훈이가 박길태를 시켜 설치한 도청기. 그짝에다가 조설훈이 박상대 놈이랑 협잡을 해 부린 것이 있다믄, 우째 생각하는가?"

"……."

"조설훈이랑 박상대의 유착은 조성광 회장 때까지 거슬러 올라갈 만치로 오래됐어야……. 고건 차치하고."

박순길이 말을 이었다.

"또, 그 도청기에는 박상대가 조설훈이랑 짝짜꿍을 혀서 시체를 거시기해 부린 내용이 있었지라."

사실 담긴 건 정황뿐이었지만, 다행히 이번 허세는 제법 잘 먹혀들었다.

만약 장건후가 온전한 맨정신이었다면 박순길의 발언에서 모종의 모순—확실한 증거가 있다면 지동훈의 증언도 필요치 않다—을 포착했겠지만.

박순길에겐 운이 좋게도 장건후의 간은 지금도 절찬리에

아세트알데히드를 분해하는 중이었다.

박순실의 허세에 깜빡 넘어간 장건후가 진지한 표정으로 고개를 끄덕였다.

"……그게 혹시, 말씀하셨던 조설훈의 아킬레스건입니까."

"글치. 바로 그거여."

박순길의 말은 앞서 그가 말했던 '박상대가 그걸 혼자서 했겠느냐'는 내용에 더해져 장건후의 의혹은 확신으로 굳어 갔다.

한강 변사체 사건과 박길태 피살.

하등 관계가 없어 보이던 두 사건이 한 줄기로 이어지고 있었다.

"다만 이 시점에선 조지훈이도 아직 조설훈이랑 맞먹을 때가 아니라고 생각했겠제. 그래서 구봉팔이를 대역으로 세운 거시여."

"……."

구봉팔이 어느 날 갑자기 조광의 중책으로 급부상했던 건, 자신의 세력이 없었기 때문이었다.

"그 상황에서 조설훈이가 조세광이랑 손 잡고 오붓이 빵에 들어가고 나불믄, 회장도 오늘내일하는 마당에 조지훈 혼자 워쩌겠는가. 조광에서는 아예 조씨 일가를 경영진에서 빼부릴 생각도 해 봄직 않겠는가? 그라믄 구봉팔이 커질 것이고,

결국엔 주인을 무는 개를 키운 꼬라지가 될 것이여. 뭐, 구봉팔이는 끽해야 집행유예가 떠 붙끼고…….”

그렇게 들으니, 지동훈이 오기 앞서 '구봉팔 라인을 타라'던 박순길의 은근한 종용도 보다 명확히 다가왔다.

'……과연, 그래서 다들 도청기에 그렇게도 예민하게 반응했던 건가.'

만약 조설훈이 박상대의 살인에 가담—혹은 그 시체를 처리하는 일에 도움을 주었다면 그건 조설훈 개인에게 커다란 리스크가 된다.

'하지만 그게 단순 정황에 불과하다면, 다 무슨 소용이겠어……. 아, 혹시?'

장건후가 넘어올 기미를 보이자 박순길이 딱, 하고 손가락을 튕겼다.

“눈치챘구마잉, 우덜은 얼마 전에 그 도청기를 손에 넣었지라.”

“……예?”

“우덜이 손에 넣은 건 박길태가 가지고 있던 거시여. 박길태 갸가 조지훈한테 넘기는 거랑은 별개로다가 따로 챙겨분 거시제.”

박순길이 주먹을 손바닥에 퍽, 하고 맞부딪혔다.

“글고 조세광이는 거시기를 손에 넣을라다가 훼까닥해서 박길태 금마를 쥑이뿐 것이고. 인자 앞뒤가 맞아떨어지는가?”

"……."

다 넘어왔구마잉.

박순길은 씩 웃으며 멀뚱멀뚱 앉아 있는 지동훈을 쳐다보았다.

"그랴. 이미 판이 다 짜였어라. 다만 일이 수월할라믄 한 방에 다 쓸어 담아야 쓰지 않겄는가, 해서 나가 여기 온 것이여."

"……."

박순길의 말은 단순히 추리를 넘어 허황된 예언에 가까운 것이었지마는.

그럼에도 불구하고 검경측이 조광을 목표로 유의미한 수사를 진행하고 있다는 것 자체는 분명해 보였다.

그래서 장건후는 오롯이 박순길의 말을 신뢰해서라고 말하기보다는 진퇴양난에 빠진 현 상황—자신이 가진 패를 모두 펼쳐 보인 듯한 박순길과 그와 자신이 처한 입장—에 더해 조세광의 뒤치다꺼리에 신물이 난 것에 환멸을 느꼈다.

이미 잃을 것은 분명했고, 조세광에게 충성할 만한 의리도 없다.

차라리 박순길이 넌지시 귀띔해 준 대로 조광 오너 일가의 몰락을 바라고 구봉팔에게 의탁하는 편이 나을지도 모른다.

애당초 오늘만 하더라도 조세광은 자신에게 '소문의 출처'를 알아내라는 명령을 내린 상태였으나, 암만 술과 계집으로 당근을 쥐여 준다 한들, 지금 당장 놈들 입에서 그런 노골적인 정보가 나올 리도 만무했다.

'그런 와중에 조세광 그놈은 내일 날이 밝자마자 닦달을 해 올 것이 분명하고.'

이곳은 어차피 조세광의 명령으로 재건한 조직이었다.

비록 지금 그가 감옥에 가 있는 봉식이 파벌을 고스란히 집어삼키긴 했으나, 그건 조세광의 것에 가깝지, 자신이 어찌할 수 있는 것도, 그것으로 이렇다 할 이득을 얻을 것도 없는 것이다.

'이걸 두고 세간에선 계륵이라고들 하나.'

물론 조세광이 장성할 때까지 버텨 보았다가 논공행상의 끝자락에 발을 걸치는 것도 한 가지 방법일 수 있겠지만, 그때 가서는 자신이 조지훈에게 이용만 당하다가 버려진 박길태 꼴이 되지 않으리란 보장도 없는 것이다.

엄밀히 말해서 장건후 자신이 가진 세력이라는 건 조광에 널리고 널린 '중립'에 가까운—딱히 정치적 움직임을 고려한 역학적 배치는 아니었고, 어느 파벌에 낄 만큼 대단치 않았기에 타성적으로 놓였을 뿐이었다—위치였고, 조성광의 사후 찾아올 대대적인 조직 개편 속에서 어딘가에 흡수될 것도 분명해 보였다.

그런 상황에 신흥 세력이라면 신흥 세력인 구봉팔 측에 몸을 담는다?

명분은 있었다.

(두 형제의 역량은 차치하고)핏줄이기 때문에 그 자리를 이을 뿐
인 조설훈이나 조지훈을 따르는 것이 아닌, 조광 그룹을 창설
하고 이 규모로 키워 낸 조성광 회장에게 충성한다는 명분이.

그런 의미에서 변화와 혼돈의 시기에 성장 잠재성이 있는
세력에 몸을 의탁하는 건, 나쁘지 않은 도박수였다.

'문제는 지동훈 저놈인데…….'

사실 까놓고 말해서, 경찰의 수사가 박순길이 말한 곳까지
다다랐다면 이제 지동훈의 가치는 없다.

박길태가 죽은 그날, 그 장소에 있었던 건 지동훈과 김수
영뿐만이 아니었던 것이다.

막말로 이 방 바깥에 있는 놈들 태반이 현장 목격자인 것
이나 마찬가지였고, 여기 모인 이들을 한 번에 잡아넣은 뒤
'죄수의 딜레마'를 사용하면 높은 확률로 배신자가 나오게 되
리라.

'경찰 놈들은 이미 거기서 어떻게 살인이 이루어졌는지도
꿰고 있는 모양이고 하니…….'

그러니 지동훈이 가진 가치라는 것도 결국은 바깥에서 떠
들고 있는 놈들보다 김수영이 죽게 된 과정을 조금 더 많이
알고 있다는 것 외에는 없다.

그럼에도 여기까지 판을 짰다면 지동훈의 존재는 경찰 입
장에서도 보험으로 써먹을 만한 것이 되리라.

'……한편으론 조광 측에선 경찰을 아지트까지 끌고 온 내게 책임 소재를 묻게 될 테니, 내 입장에선 지동훈 놈이 경찰 편에 붙어 주는 게 유리하지.'

주사위는 던져졌다.

장건후가 지동훈을 보았다.

"동훈아."

"예, 형님."

"이번 일 마치면 넌 손 씻어라."

장건후의 말에 지동훈은 눈을 껌뻑였다.

"……예?"

"넌 인마, 이 짓이 안 어울려."

그 말만큼은 진심이었다.

지동훈은 어디까지나 김수영의 덤 같은 존재였고, 김수영이란 그늘을 잃은 지금 와서는 조세광도 마지못해 그를 거두고 있을 뿐이었다.

그간 봐 온 바, 조세광이란 놈은 자신에게 이용 가치가 없는 대상에겐 한없이 냉정하다.

설령 이 일이 '잘' 마무리된다고 하더라도 조세광은 자신의 약점을 쥔 지동훈을 이런저런 구실을 들어 가며 내치게 될 것이다.

'나나 여기 있는 놈들도 다 마찬가지고.'

또, 장건후가 방금 전 그더러 '손 씻으라'고 한 말은 딱히 지동훈을 아껴서 한 말은 아니었다.

지동훈은 아직 건달 세계에 대한 로망 같은 것이 있었으니, 장건후는 지동훈에게 있는 심적인 부담을 한 꺼풀 벗겨 준 것에 불과했다.

"……."

"넌 아직 젊어. 뭘 하려고 하면 뭐든 할 수 있는 나이다. 너한테만 하는 이야기지만, 이 바닥은 오래 있을 곳이 못 돼."

장건후가 담담히 말을 이었다.

"나야 이미 손 떼긴 늦었지만, 넌 이 기회에 다른 일을 알아보는 것도 나쁘지 않겠지."

"……."

장건후는 고개를 돌려 박순길을 보았다.

"그렇게 됐으니, 나으리. 이제부턴 하시는 일에 적극 협조하겠습니다."

"……음."

박순길이 턱을 긁적였다.

"아, 글고 술집에서는……."

"괜찮습니다. 나랏일 수행하시는 데 필요한 일 아니었습니까? 괘념치 마십시오."

박순길이 픽 웃었다.

"그려. 그라믄 나중에 경찰서에서 보더라고."

장건후가 쓴웃음을 지었다.

"예. 그땐 잘 부탁드리겠습니다."

박순길은 지동훈의 어깨를 툭툭 두드렸다.

"지동훈이, 이제 갈 준비는 마쳤는가?"

박순길은 태연한 어조였지만, 아직 긴장의 끈을 완전히 놓지는 않았다.

지금이라도 지동훈이 '여기 경찰이 있다!' 하고 소리를 치면 거실에서 술판을 벌이고 있는 건달들이 우르르 달려올 것이 분명하니까.

지동훈이 힘겹게 입을 뗐다.

"……예."

"가지, 그럼."

박순길은 안도한 티를 내지 않은 채 장건후와 지동훈을 대동하고 방을 나왔다.

거실에서 한창 왁자지껄 떠들어 대던 건달들은 장건후가 방을 나오자 일제히 입을 다물더니 벌떡 일어섰고, 장건후는 적당한 손짓으로 인사를 막았다.

"그럼 살펴 가십시오."

그렇게 박순길과 지동훈은 현관 앞까지 마중을 나온 장건후의 공손한 인사를 받으며 합숙소를 빠져나올 수 있었다.

"……흠."

징글징글한 놈이 갔다.

그제야 장건후는 한숨을 내쉬곤 뒤로 돌았다.

"뭣들 해? 계속 놀지 않고."

그렇게 말하며 장건후는 어슬렁어슬렁 자연스럽게 상석에 앉았다.

부하는 '누굽니까' 하고 묻고 싶은 눈치였지만, 장건후의 안색을 살피며 눈치껏 말을 삼켰다.

"형님, 한 잔 말아 드립니까."

"됐어. 맥주나 줘."

"예, 형님!"

부하가 곁에 낀 아가씨에게 눈치를 주자, 그녀는 얼른 장건후 곁에 앉아 맥주를 한 잔 가득 따라 주었다.

'……건배라도 해야 할 분위긴데, 이거.'

장건후는 피식, 입꼬리를 올리며 잔을 들었다.

"오늘은 내가 쏘는 거니까, 코가 삐뚤어지도록 마셔라. 알겠냐?"

"예, 형님!"

건달들이 일제히 잔을 들었다.

"자, 그럼…… 위하여."

"위하여!"

뭘 위하는지도 모르면서, 놈들은 장건후를 따라 복명복창을 외쳐 댈 뿐이었다.

'이놈들이랑 술잔을 기울이는 것도 오늘로 마지막이겠군.'

장건후가 잔을 비우자마자 아가씨는 딸기 하나를 떠먹여

주었고, 장건후는 무덤덤한 얼굴로 안주를 우물거렸다.

한편 박순길이 지동훈과 함께 합숙소를 나오자마자 골목 어귀 어둠 속에서 여진환이 모습을 드러냈다.

여진환은 박순길 곁의 지동훈을 힐끗 살피곤 고개를 꾸벅 숙였다.

"하려던 일은 다 끝내셨습니까?"

"그려. 다 끝냈어라."

박순길이 전리품(?)의 등을 툭 하고 가볍게 한 대 쳤다.

"인자 나는 지동훈이랑 경찰서에 가 볼 생각이여."

여진환이 고개를 끄덕였다.

"고생하셨습니다."

"뭘."

박순길은 힐끗 노랫소리가 나오는 합숙소 건물을 돌아보았다.

"여 순경은 이짝에서 쪼까 대기타고 있다가 나중에 기동대 애들 보내서 다 잡아넣어 부려."

"뭐…… 적당히 고성방가 같은 걸로 잡아넣으면 되겠군요."

"으응, 고건 자네가 알아서 허고."

호랑이 굴을 빠져나온 박순길은 퍽 지쳐 보였다.

오늘 일은 박순길의 형사 경력에서도 손에 꼽을 만큼 험난한 하루였다.

'문제는 이후로도 밤샘이 확정되어 있단 거지만.'

박순길이 고개를 저었다.

"암튼 내는 이만 가불탱께, 수고혀."

"아닙니다. 그럼 먼저 들어가십시오."

박순길은 지동훈을 대동한 채 가볍게 손을 흔들며 휘적휘적 자리를 떴다.

여진환은 그 자리에 남아 박순길의 멀어지는 등을 보다가 픽 웃었다.

"……이래서 경찰 일이 재밌어."

이제는 단골이 되어 버린 호텔 중화 식당에서 나는 유상훈 변호사와 합류했다.

"사장님, 여깁니다, 여기."

중식당의 원형 테이블에 앉은 유상훈은 싱글벙글 웃는 얼굴이었다.

나는 그 곁에 앉으며 빙긋 미소를 지어보였다.

"갑작스러운 부탁이었는데, 일이 잘 풀린 모양이군요."

전화로 박강선의 변호사로 선임되었단 보고는 받았지만, 직접 마주하고 보고를 받는 건 또 다른 이야기니까.

"예. 제가 또 유산상속 건은 전문 아니겠습니까."

"그러셨어요?"

"사실 수임료는 둘째 치고, 유산 관리 쪽이 제법 짭짤하거든요. 다만 이번 의뢰주님의 경우는 성인이 될 때까지 동결을 걸어 둬야 하지만…… 그사이 적당한 선에서 펀드를 굴릴 수도 있으니 말입니다."

유상훈은 내 앞에선 속내를 감추지도 않았다.

"하긴, 소송비용 확정 절차 쪽으로 가면 강선이가 부담할 내용도 더 줄어들고요."

내 맞장구에 유상훈이 씩 웃었다.

"잘 아시는군요. 뭐, 그것도 승소가 전제이긴 하나, 제가 가망 없는 싸움에 뛰어들 리 있겠습니까. 저쪽이 어떻게 나오든 간에 법리는 제 편이니, 겸사겸사 이 기회에 선례를 남겨 두는 거지요."

유상훈은 승리를 확신하고 있을 뿐만 아니라, 이를 박상대라는 유명 인사의 유전자 검사를 통한 민사소송으로 끌고 가며 얻을 명성에 관심이 더 커 보였다.

그렇다고 해서 유상훈이 법조인으로서 명예를 중시하는 인물은 아니니, 그 명성을 따라올 잿밥에 관심이 클 뿐이지만…….

'나로서는 명예니 뭐니 하는 형이상학적인 욕망을 품고 있는 것보단 단순 명쾌해서 좋지.'

그에게 이득을 보장하는 이상, 배신은 염려하지 않아도 된다.

'그러면서도 이성진에겐 충직했단 점은 조금 신기하긴
해.'

그뿐만 아니라, 그는 전생에도 최후의 순간까지 이성진을
따랐던 인물이기도 했다.

'……그 신념 체계 속엔 물질적 이익 외에 다른 것도 있었
을까.'

그 부분만큼은 나도 아직 확신할 수 없는 요소라는 게 다
소 아쉽다.

"그건 그렇고."

유상훈이 중식당을 별실을 둘러보았다.

"저희가 약속 시간보다 일찍 오기는 했습니다만, 을 입장
에 정시를 맞추려 하는 건 조금 괘씸하단 생각이 드는군요."

그는 가볍게 어깨를 으쓱였다.

"이제 와서 자존심을 세워 보려는 걸까요?"

"글쎄요. 뭐, 새삼스럽긴 합니다만……."

나는 비치된 물수건으로 손을 닦았다.

"한때는 저들이 갑이었으니까요. 그러니 오늘만큼은 잠시
옛 영광에 취해도 좋지 않겠어요?"

"하핫, 그것도 그렇겠군요."

우리는 오늘 저녁, 오랜 시간 공들여 설계한 일산출판사
인수 건을 마무리 짓고자 자리를 마련했다.

이미 서면으로 이야기는 마무리된 상황에서 '밥이나 한 끼 하자'는 형식적인 절차상의 문제만 완결 지으면, 일산출판사가 SJ컴퍼니 산하로 들어오게 되는 역사적인(?) 하루이기도 했다.

'그러니 문제는 없어.'

나는 유상훈이 따라 준 자스민 차를 홀짝였다.

'그런데 전생에는 어땠더라⋯⋯. 결국 IMF 때 파산하긴 했던 걸로 기억은 하는데.'

잠시 전생의 일산출판사가 어땠는지를 상기하고 있으려니, 똑똑 노크 소리가 들렸다.

유상훈이 손목의 롤렉스를 힐끗 보았다.

"정시에 맞춰 왔군요."

"예. 최후의 일선은 넘지 않으려는 모양입니다."

유상훈이 고개를 끄덕이곤 목소리를 높였다.

"예."

달각, 문이 열리고 초로의 노인 두 사람이 별실로 들어왔다.

'어디 보자, 일산출판사의 회장이랑 또⋯⋯.'

나는 순간, 그들의 면면을 확인하자마자 반사적으로 자리에서 벌떡 일어서고 말았다.

그건 딱히 유교적 관습을 따르고자 함은 아니었다.

'⋯⋯뭐야, 저 사람이 여긴 왜⋯⋯.'

나는 그를 보면서 손에 식은땀이 배는 걸 느꼈다.

'젠장, 생각해 보면 그럴 가능성도 충분히 있었는데, 왜 떠올리질 못했지?'

간신히 구색만 갖췄을 뿐인 후줄근한 양복 차림의 노인이 중절모를 벗으며 희끗희끗한 머리칼을 보였다.

"오랜만이구나, 아가야."

"……예. 오랜만입니다, 어르신."

마지못해 대답한 내게 노인이 너털웃음을 터뜨렸다.

"허허, 어디 보자…… 운락정에서 보고 몇 달 만이지?"

그건, 이 시대엔 갑 중의 갑인 안기부의 곽철용이었다.

"소개를 해야겠구나."

곽철용이 그와 동행한 노인을 보았다.

"아가, 이쪽은 일산출판사 회장님이신 독고영 씨란다. 독고 회장님, 이쪽은 제가 아끼는 아이인 이성진이라고 하오. 그리고……."

곽철용의 시선을 받은 유상훈은 허둥지둥 일어서며 대답했다.

잘은 몰라도 일단 내 지인이라는 점에서 행색의 남루함은 하등 중요치 않은 것이라 판단한 것이리라.

"처음 뵙겠습니다. 변호사 유상훈입니다."

"아, 그래. 그런 이름이었지."

곽철용은 자연스럽게 고개를 돌려 독고영 회장을 자리로

안내했다.

"회장님, 일단 자리에 앉으시지요."

"아, 예. 그럽시다."

독고영은 태연자약하게 곽철용의 안내를 따랐지만, 나는 그가 긴장한 기색이 역력하단 걸 한눈에 알아보았다.

'사실, 둘 중 누가 실세인지는 보지 않고도 뻔한 것이지만.'

한편 아직 '곽철용'의 통성명을 듣지 못한 유상훈은 조금 어리둥절해하면서 나를 힐끗 쳐다보았다.

그 눈은 '저분이 대체 누구신데' 하고 묻는 눈이었지만, 그걸 밝힌 건 자리에 먼저 착석한 곽철용이었다.

"다들 앉게나. 아참, 아직 옹의 이름을 대지 않았군. 이 몸은 한때…… 지금은 일산출판사에 인수되고 없는 안영출판사에서 영업부 실장을 맡고 있던 곽철용이라 하외다."

"……!"

곽철용의 소개에 유상훈은 '힉' 하고 소리만 내지 않았을 뿐, 저도 모르게 새어 나오려는 비명을 간신히 참아 낸 눈치였다.

유상훈은 얼마 전 내 의뢰로 김기환 기자와 함께 곽철용의 뒷조사를 했고, 거기서 우리는 곽철용의 신분이 무엇이다, 하는 잠정 결론을 내렸던 터였다.

그리고 아마, 유상훈은 살면서 평생 곽철용과 마주할 일이 없으리란 확신 속에 안도하고 있었으리라.

'나 역시 이런 자리에서 만날 거란 생각은 하지 못했고…….'

또한 곽철용은 유상훈의 소개를 듣고 '그런 이름이었지' 하고 넌지시 아는 체를 했다.

그걸 돌이켜 보면, 곽철용은 우리가 자신의 뒷조사를 했던 것이며 거기서 자신이 누군가 하는 정체를 눈치챘으리란 걸 확신하는 동시에 유상훈을 비롯한 내 뒷조사까지 다 마쳐 두었단 암시가 담겨 있었다.

'……쉽지 않겠군.'

즉, 방금 전 유상훈을 마지막으로 이 자리에 모인 모두는 이제 곽철용이 누구인지, 입 밖에 내지 않고도 그 정체를 암묵적으로 공유하고 있는 것이다.

'하긴, 운락정에서 있었던 때를 돌이켜 보면 마냥 이빨 빠진 호랑이일 리도…… 없지.'

그가 이휘철을 대동하고 운락정에 들이닥쳐 야당 대표인 최갑철을 상대로 훈계조를 늘어놓던 그 모습은 아직도 내 머릿속에 선연한 기억으로 남아 있다.

곽철용이 그 속내를 읽기 힘든 의뭉스러운 미소를 띤 채 말을 이었다.

"원래는 나 같은 인수되어 그 이름이 사라지고 없는 출판사의 말단이 이런 자리에 함께해선 안 될 것이나…… 마침 봉효의 손주가 여기 온다고 들어, 친분이 있던 독고 회장에게 떼를 써서 억지로 끼어들었다네."

그럴 리가.

그러잖아도 일산출판사 측에서 '밥이나 한 끼 하자'는 요청을 제법 오래전부터 끈질기게 해 왔으니, 그땐 이미 곽철용이 개입해 있었으리라.

'나도 곽철용이 나올 줄 알았으면 좀 더 일찍 자리를 마련하거나 아예 안 나왔을 텐데……. 아니, 이미 돌이킬 단계는 지났군.'

그러면서 곽철용은 옆자리의 독고영을 물끄러미 쳐다보았고, 독고영은 억지 미소를 지으며 곽철용 앞에 차를 따랐다.

"아닙니다. 저야말로…… 이런 자리에나마 어르신을 모시게 되어 영광입니다."

실상 둘의 나이 차는 크지 않을 텐데도, 독고영은 곽철용에게 꼬박꼬박 존대를 해 주었다.

"어허, 회장님. 저처럼 보잘것없는 늙은이에게 존대가 과하십니다, 허허."

곽철용의 능글맞은 웃음에도 불구하고 독고영의 표정은 그리 밝지 않았다.

심지어 이마에는 식은땀이 송골송골했다.

'지금 이 자리에서 일산출판사가 SJ컴퍼니에 인수합병당하게 된 현 상황을 문책하는 건가.'

하긴.

나도 이제 와서 뒤늦게 깨달은 것이지만, 일산출판사는 그간 안기부의 자금줄 역할을 해 왔을 것이다.

그런데 그 '제법 건실하던' 일산출판사가 경영 실책으로 웬 신생 회사에 인수합병당하게 되었으니, 안기부 입장에선 제법 황당할 수밖에.

'……물론 나도 일산출판사가 안기부의 자금줄 중 하나라는 걸 알았다면, 건들지도 않았을 것이다만.'

무식하면 용감하다고, 내 꼴이 딱 그 짝이다.

'젠장, 조금만 더 신중……아니, 과감했더라면 지금 사태도 미연에 방지가 가능했는데.'

만약 곽철용이 몸담고 있던 페이퍼 컴퍼니(마냥 그렇지는 않고, 나름대로 실물 매출이 있던 회사이긴 했지만)인 안영출판사를 알아낸 것에 그치지 않고 그 자금 흐름을 좀 더 면밀히 추적했다면 일산출판사가 안영출판사를 인수했다는 걸 알아냈겠지만, 곽철용의 정체를 안 순간 조사를 중지한 것이 실책이라면 실책이었다.

생각해 보면, 시작부터 첫 단추를 잘못 꿰었다.

당시 나는 일산출판사에 전자대백과사전 사업을 하청받기 위해 재종사촌인 이남진의 인맥을 통했었는데, 썩어도 준치라고 명색이 재벌가인 이남진의 인맥이 그저 그럴 리 없다.

'……이태준도 그렇고.'

나는 언젠가 있었던 이휘철의 생일잔치 때 당숙인 이태준과 곽철용이 이미 안면을 트고 지내던 사이란 걸 상기해 냈다.

'이놈의 재벌가 인맥!'

게다가 이태석은 내 어깨를 짚으며 이런 말도 했다.

「방금 만났던 곽철용 아저씨는 네 할아버지의 친구다. 네가 안면을 트긴 좀 이르니 우선은 대강 얼굴을 익혀 두는 선에서 그쳐 두려무나.」

'거참, 본의 아니게 벌써 엮이고 말았습니다.'

뭐…… 운락정 때 일로 이미 엮였다면 엮이고 말았다고 볼 수도 있지만.

또, 돌이켜 보면 일산출판사의 방만한 경영에는 한편으론 믿는 구석(안기부)도 있었으리라.

그러다 보니 전생의 일산출판사가 IMF의 여파로 도산하게 된 시기 역시도 그저(?) IMF 때문만은 아니라, 그즈음 정권이 교체되면서 안기부가 예전의 영광을 잃어버린 것과 무관하지 않을 것이다.

'……그냥 IMF 때까지 기다릴 걸 그랬나.'

곽철용이 빙긋 웃으며 나를 보았다.

"요리는 시켜 두었느냐?"

"아, 예. A코스로 준비해 두었습니다."

곽철용은 내 말에 입맛을 다시며 고개를 주억거렸다.

"흐음, 물론 성진이 네가 사는 거겠지?"

"……예."

문득 김영란법이 그리운 저녁이었다.

곽철용은 후룩 차를 한 모금 마셨다가 옅은 웃음을 띤 채 독고영을 보았다.

"허허, 그래. 우리 독고 회장도 곧 일선에서 물러나실 테니, 여기선 돈 잘 버는 아가가 사야 도리겠지. 독고 회장, 듣기로 낚시가 취미라고?"

"아, 예. 그렇습니다."

"앞으론 그 좋아하시는 낚시를 원 없이 즐기게 되겠구려. 그렇지 않습니까, 독고 회장?"

독고영은 마른침을 꿀꺽 삼켰다.

"……무, 물론입니다."

이 자리에서 독고영 회장의 탄핵이 결정되는 건가, 싶었더니 곽철용이 너털웃음을 터뜨렸다.

"농담이오, 농담. 이거 참. 아직 팔팔한 현역이신데, 성진이도 아무 감투도 없이 내쫓지는 아니할 것이오."

그러면서 곽철용이 나를 지그시 바라보았다.

"오늘 식사도 물론 사회적 지위가 높은 독고 회장이 부담할 것이고…… 이 나이가 되어서 아가에게 얻어먹는 건 좀스러운 일이니 말이오. 그렇지 않으냐? 아가."

"……."

짓궂긴.

나는 그 수작에 넘어가지 않으려고 일부러 담담하게 곽철용의 말을 받았다.

"독고영 회장님의 향후 거취는 추후 내부 회의를 거쳐 결행할 예정입니다."

"호오."

곽철용은 빙글빙글 웃으며 찻잔을 내려놓았다.

"하긴, 밥이나 얻어먹으러 온 늙은이가 경영에 관해 왈가왈부하는 건 도리가 아닐뿐더러 오지랖이지. 그러니 아가도 방금 한 말은 그저 노망난 늙은이의 농으로 받거라."

농담치곤 꽁치 저리가라 할 만큼 가시가 그득하다만.

"그렇게 됐으니 독고 회장, 오늘 지갑 좀 풀어 보시오. 어디 보자."

곽철용이 메뉴판 끄트머리를 뒤져 술을 찾았다.

"청요리엔 응당 중국 술이 어울리겠지. 옳지, 이게 좋겠군."

곽철용이 내게 눈을 찡긋하더니 메뉴판을 접었다.

"그럼 사람이 오거든 시키자꾸나."

"……."

여기, 결코 싼 가게가 아닌데요.

'……오늘 소화제 찾는 사람이 제법 있겠군.'

최소, 이 자리에선 나를 포함한 세 명은 확정이다.

"끅. 아, 죄송합니다."

설렁탕 한 그릇을 말끔히 비운 지동훈 앞에 정진건은 소화제 한 병을 놓았다.

"마셔."

"가, 감사합니다."

지동훈은 눈치를 살피며 소화제를 한 번에 비웠다.

아직 저녁을 하지 않았다기에 시켜 준 것이었다.

딱히 의도한 건 아니었지만, 취조실에서 먹는 설렁탕이란 그 어떤 정서적인 광경이었다.

맞은편의 박순길은 후루룩 설렁탕 그릇을 비운 뒤, 깍두기 한 점을 우적우적 씹었다.

"암튼, 그럼 저번에 말한 건 다 거짓부렁이었단 걸 인정하는 것이여?"

"예. 그렇습니다."

박순길은 '들었쇼잉?' 하며 정진건을 보았고, 정진건이 고개를 끄덕였다.

"좋아. 그러면 이번 진술은 결코 경찰의 강압에 의한 것이 아닌, 목격자의 자발적 진술인 것도 인정하는 거지?"

"예."

딸각.

정진건은 녹음기를 끄고 카세트테이프를 챙겼다.

"그러면 저는 검사님께 다녀오겠습니다."

"아, 그래요."

정진건은 취조실을 나와 김보성의 사무실로 향했다.

박순길이 단순 조사 차원을 넘어 지동훈까지 포섭해서 데려왔다는 건 광수대에 무척이나 고무적인 일이었다.

물론 이 시점에는 아직 김보성과 그의 최측근, 정진건 일행 정도만 공유하고 있는 내용이지만 그 소식은 머지않아 광수대 전체에 알려지게 되리라.

그뿐이랴. 설렁탕이 도착했을 땐 강하윤이 '합숙소'의 인원 전원을 체포했단 소식을 알려 왔다.

김보성은 박순길이 거둔 성과를 무척 달가워하면서 즉시 움직였고, 이제 광수대에는 장건후 일파가 차곡차곡 격리 수용될 것이다.

구실은 고성방가로 인한 민원이었지만, 어디까지나 구실에 불과했다.

지동훈은 그 일파가 박길태 살해 사건의 목격자임을 증언했고, 이제부터는 한 사람, 한 사람 격리하여 대질신문을 이어 갈 예정이었다.

일이 풀리려니 봇물 터지듯 풀리기 시작했다.

'물론 그에 따른 야근도.'

똑똑. 정진건은 김보성의 사무실 문을 두드렸다.

"들어오십시오."

안쪽에서 방승혁 수사관의 목소리가 답했다.

정진건은 산더미 같은 서류를 마주하고 있는 방승혁을 보며 움찔했지만, 이내 자연스럽게 그 곁으로 다가갔다.

"검사님은 자리를 비우셨습니까?"

정진건의 물음에 방승혁은 피로에 찌든─하지만 모종의 생기가 담긴 눈으로 사무실 안쪽 김보성의 개인 사무실을 힐끗 쳐다보았다.

"잠시 판사님과 통화 중이십니다. 조세광의 구속영장을 발부하려고요."

"벌써요?"

"신뢰하고 계시니까요."

방승혁이 희미한 미소를 지었다.

"더군다나 지금부터는 시간 싸움 아니겠습니까."

"……그렇겠지요."

지동훈을 확보한 시점에서 이미 조세광의 혐의는 사실상 확정된 사안이었다.

방승혁은 정진건의 손에 들린 카세트테이프를 보았다.

"아, 혹시 지동훈의 증언 테이프를 가지고 오셨습니까?"

"예. 필요하다면 추후 재녹음해 드리겠습니다."

아마 여기엔 설렁탕 먹는 후루룩 쩝쩝 소리가 간간히 들릴 테니까.

"잠시 기다려 주시죠. 아, 커피 한 잔 하시겠습니까?"

방승혁의 권유에 정진건은 쓴웃음을 지었다.

"부탁드리겠습니다."

이미 적잖은 커피를 마신 하루였지만, 긴 밤에 필요한 카페인은 별개로 챙겨 두어야 하는 법이니.

한편 개인 사무실 안의 김보성은 수화기를 든 채 딱딱한 목소리를 이어 가고 있었다.

"저는 당장 구속영장을 발부해야 한다고 봅니다."

김보성은 수화기 너머로 들려오는 담당 판사의 말을 끊었다.

"……예. 저도 시간이 늦었다는 건 알고 있습니다. 하지만 내일이면 늦다고 생각합니다."

잠시 뜸을 들였다가 김보성이 말을 받았다.

"광수대 측은 현재 조세광의 수하를 체포한 상태입니다. ……예? 아뇨. 사유는 일단 단순 민원입니다만."

김보성이 인상을 찌푸렸다.

"예. 절차. 중요하지요. 하지만."

김보성은 목소리에 살짝 힘을 실었다.

"지난번, 저희는 그 절차를 따지는 사이 박상대를 놓치고 말았습니다."

수화기 너머 침묵.

김보성이 몸을 앞으로 기울였다.

"조세광의 경우, 죄질이 나쁩니다. 목격자를 협박하여 위증을 종용했을 뿐만 아니라 철두철미하게 사건을 은폐하려고 했죠."

직후, 김보성은 끼어들 틈을 주지 않고 말을 이었다.

"조세광의 배경을 생각해 보면 지금 이 황금 같은 시간을 놓칠 때 사건이 미제로 남으리란 것도 불 보듯 뻔해 보입니다. 당장 박상대만 하더라도 그는 직전, 해외 도피를 계획하고 있지 않았습니까?"

들려오는 대답에 김보성은 움찔했다가 무표정한 얼굴로 말을 받았다.

"……정황? 지금 정황뿐이라고 말씀하셨습니까. 제가 생각하는 정황근거를 말씀드릴까요? 조광이 박상대가 죽기 얼마 전에 사들인 화장터 부지, 그리고 합류 지점에 돌입한 직후 놓치고 만 내부 정보 누출, 어저께 조설훈과 밀담을 나누던……."

자신의 말을 끊고 들어오는 판사의 말을 들으며 김보성은 볼펜으로 흰 종이에 '개새끼' 세 글자를 적었다.

"판사님. 얼마 전에 수행원을 시켜 오피스를 알아보셨더군요."

짧은 침묵.

"10년이면 오래하셨죠."

김보성은 수화기 너머의 목소리에 피식 웃으며 입꼬리를 올렸다.

"예. 어쩌면 제가 지방으로 내려가기 전, 따로 뵐 일이 있을지도 모르겠군요. 아주 바쁘지만 않다면 말입니다."

잠시 판사의 말을 들어 준 뒤, 김보성은 태연한 얼굴로 입을 뗐다.

"아뇨. 뭘 어쩌자는 것이 아닙니다. 제가 동부지검을 떠나는 건 저희 총장님께서 직접 말씀해 주신 내용이니까요. 아마, 법정에 서서 판사님을 뵙는 것도 제가 아닌 제 후임이 될테지요. 그래서 이관 준비는 철저히 마쳐 둔 상태입니다."

김보성이 전화기 줄을 손가락으로 빙빙 꼬았다.

"다만 그 과정에 후각이 예민한 기자가 무언가 공중에 떠도는 헛소문 몇 가지를 낚아 챈다고 한들…… 그건 제가 어찌할 방법이 없겠죠."

잠시 판사의 이야기를 듣던 김보성이 희미한 미소를 지었다.

"협박이라뇨? 저는 그저 헌법 제 21조에 명시되어 있는 국민의 알 권리를 말씀드렸을 뿐입니다."

김보성이 전화 줄을 당기며 의자에 등을 기댔다.

"언론의 책임 소재는 이미 저번 사건 때 검경 측이 뒤집어

썼습니다만, 그다음 차례도 저희가 될지는 저도 장담드릴 수
없을 듯합니다.”

이번에는 침묵이 길었다.

김보성은 수화기에 대고 나직하게 말을 이었다.

“정 안되면 사후영장이라도 발부하겠습니다. 그러면 기다
리고 있겠습니다.”

달각.

마음 같아서는 쾅, 소리 나게 수화기를 내려놓고 싶었지만
그러지 못한 것이 김보성의 입장이었다.

‘그럼, 어떻게 나올까…….’

판사를 상대로 ‘협박’을 하고 말았지만, 후회는 없었다.

도리어, 속이 시원하기까지 했다.

‘……뭐, 정 안되면 검사 때려치우지. 초등학생도 사업을
하는 세상인데.’

김보성은 쓴웃음을 지으며 의자에 등을 파묻었다.

이윽고.

위이잉-.

팩스 불빛이 깜빡이는 걸 보며, 김보성은 씩 웃었다.

최고급 식사였음에도 불구하고, 요리가 코로 들어가는지

입으로 들어가는지도 모를 식사였다.

특히 유상훈은 코로 설렁탕을 들이켠 것 같은 얼굴로, 그 체형에 어울리지 않게 깨작깨작 식사를 이어 가면서 '나를 대신해' 곽철용이 주는 화주를 연거푸 들이켜야 했다.

언젠가 '사장님과 술 한잔을 나눌 자리가 올 날이 기대되는군요' 하고 말한 그였지만, 그게 안기부 간부를 대동한 자리일 줄은 그나 나나 꿈에도 생각해 본 적 없었으리라.

'그래도 병당 몇십만 원을 호가하는 술이니까, 그걸로 위안을 삼아 주십쇼.'

이 어색한 자리를 주도한 건 곽철용이었다.

그는 신변잡기에 능하단 세간의 평가처럼 이런저런 세상 돌아가는 일에 대해 쉼 없이 떠들어 댔고, 한때 출판사 영업부 실장에 앉아 있었다는 것이 마냥 허울뿐인 감투가 아니었다는 양 출판업에 관해 제법 전문적인 지식까지 늘어놓았다.

그럴 때면 독고영 회장이 간간히 맞장구를 쳐 주었는데, 그것과 별개로 독고영의 행색은 그야말로 좌불안석이었다.

"이제 식사도 얼추 마무리한 거 같군."

곽철용이 잔을 내려놓았다.

곽철용은 몇 잔의 화주를 들이켰음에도 불구하고 그만큼의 물을 마신 양 말짱해 보였다.

깔끔하게 치워진 상 위에는 이제 고구마 맛탕 같은 디저트만 남아 있었고, 슬슬 자리가 파할 분위기였다.

'결국 정작 중요한 일산출판사 인수 건 이야기는 한마디도 꺼내지 못했지만.'

나는 떨떠름한 표정을 감추며 자스민 차를 홀짝였다.

곽철용은 그런 나를 보며 말을 이었다.

"제법 맛이 좋더구나. 덕분에 기름칠을 했다."

"아닙니다. 기회가 된다면 다음에 또 모시겠습니다."

내 빈말을 곽철용은 미소로 받았다.

"기대하고 있으마."

"예."

곽철용이 이번엔 독고영과 유상훈을 번갈아 보았다.

"잠시 성진이만 남고 다 나가 주게."

이제부터 본론인가.

유상훈과 독고영은 '살았다'는 표정으로 티가 날 만큼 안도하더니, 말릴세라 서로 앞 다퉈 별실을 빠져나갔다.

달각.

문이 부드럽게 닫히고 곽철용은 나를 보며 픽 웃었다.

"거참, 내가 그렇게 무서운 사람인 줄 아나. 애써 화기애애한 자리를 만들어 보려 노력했건만 조금 서운하구면."

곽철용의 그 웃음에 섞인 말 자체는 퍽 자조적이었지만, 그럼에도 불구하고 그에겐 서운한 기색이라곤 찾아볼 수 없었다.

"아가."

"예, 어르신."

"한 잔 따라 보거라."

"예."

나는 곽철용의 빈 잔에 술을 따르며 물었다.

"안줏거리 좀 더 시킬까요?"

"……나 원. 소학생, 아니 요즘은 초등학생이랬나. 그 나이에 제법 주도를 아는구나."

곽철용이 입꼬리를 올렸다.

"그럴 필요 없다. 이 나이가 되면 술보다 먹거리가 속에 더 부담이 되는 법이거든."

"……예."

곽철용은 웃음기를 슬쩍 거두며 잔을 들었다.

"마음 같아선 너에게도 술을 권하고 싶지만, 그랬다간 봉효가 나를 가만두지 않겠지. 뭐, 너와 술잔을 나눌 때가 됐을 때 내가 세상에 남아 있을는지도 의문이고."

"……."

노인네 특유의 자조에는 어떻게 반응해야 할지 모르겠다.

곽철용이 술을 한 모금 입술에 축였다.

"좋은 술이야. 우리나라도 이제 마음만 먹으면 이런 사치를 부릴 수 있는 시대가 왔어. 앞으로는 또 어떻게 바뀌어 갈지, 그건 그것대로 기대가 돼."

곽철용이 미소 띤 얼굴로 나를 보았다.

"불과 얼마 전만 하더라도 집에 얼마나 많은 돈이 쌓여 있건 간에 사치를 부리는 게 제한적이던 때가 있었지. 수입품을 들이는 것도 한계를 두었거늘 하물며 해외로 나가는 일이야 오죽했으랴."

"……."

"앞으로는 봉효가 말하던 '글로벌' 시대란 것이 오겠지. 그때가 오면 너 같은 아가들이 활약할 것이고……."

곽철용이 잠시 뜸을 들였다가 말을 이었다.

"하지만 시간이라는 건 분절되지 않고 연속성을 가진 채 이어지는 것이란다."

갑자기 웬 철학 담론인가, 했으나 아무 의미 없이 그런 말을 꺼내 든 것은 아닐 터.

아니, 그 전에 곽철용은 내가 응당 그 말을 알아들을 것이란 전제하에 이야기를 꺼낸 것이었다.

"그래서일까, 나도 살아오며 보니 새 시대가 열리는 건 천지가 개벽하는 것처럼 급변하지 않고, 서서히 젖어 드는 것이더구나."

마지못해 고개를 끄덕이곤 있었지만, 노인네 넋두리나 하고자 나를 남겼을 리는 없을 텐데.

곽철용이 잔을 내려놓았다.

"즉, 나나 봉효 같은 노인네들이 자리를 떠나고도 한동안은 그 영향이 세상에 남는단 이야기지. 좀스럽고 새삼스러워

원치 않는 일이지만, 그게 세상의 이치란다."

"……."

이후, 곽철용은 내 생각을 읽기라도 한 듯 본론을 꺼냈다.

"아가는 내가 어디 몸담고 있던 사람인지 알고 있더구나."

"……예."

오히려 지금 와선 일부러 알아낼 여지를 준 것처럼도 보일 지경이다.

곽철용이 나를 물끄러미 쳐다보았다.

"그리고, 그걸 알면서도 감히 당당하게 일산을 건드렸으렷다?"

"……!"

그 물끄럼한 시선에 나는 그럴 필요가 없다는 걸 알면서도 입이 바짝 마르는 기분이 들었다.

그건 오해였다.

다시 한번 말하는 거지만, 일산출판사의 배후에 안기부가 있었다는 걸 알았다면 솜털 하나 건들지 않았을 것이다.

'방금 전까지 시동을 걸었던 건, 자신을 이빨 빠진 호랑이로 보지 말란 경고였던 건가.'

그래서 내가 '오해이십니다' 하고 입을 떼기 직전.

"마음에 든다."

곽철용이 거뒀던 미소를 다시 머금었다.

"……예?"

"꼭 한창때 봉효를 보는 것 같구나."

곽철용은 그렇게 말하며 끌끌 웃었다.

"봉효 또한 그러했지. 스스로 하는 일에 당당하다면, 무엇을 하건 거칠 것이 없었음이야. 그래서 옛날엔 조금 사이가 안 좋을 때도 있었단다."

"……그러셨습니까."

그 시대에 안기부—아니, 그땐 중앙정보부 시절인가—랑 척을 지다니, 이휘철도 어지간하군.

한편으론 그걸 손주 뻘에게 들려주는 옛날이야기처럼 말하는 곽철용의 뻔뻔함에는 내심 혀를 내두를 만했다.

"무어, 지금은 피차가 그럴 정력도 없으니 데면데면 지내고 있지. 나 또한 일선에서 물러난 지는 오래고…… 봉효 역시도 얼마 전 은퇴 후 유유자적하지 않느냐."

세상엔 '일선에서 물러났다'고 자처하는 노인네의 말만큼 무서운 것도 없다.

실제로 불과 얼마 전, 당당히 '현역'인 최갑철을 몇 마디 말로 돌려보낸 노인네들이니까.

곽철용이 말을 이었다.

"하지만 아가. 너를 내가 개인적으로 마음에 들어 하는 것과 별개로…… 그래도 일산을 건드린 건 조금 과했다."

억울하게도, 곽철용은 내 경영 방식이 국가를 향한 반역이었단 전제를 삼고 있었다.

'지금이라도 오해입니다, 하고 말해야 하나.'

갈등하고 있으려니 곽철용의 말이 이어졌다.

"비록 현역에서 물러난 지 오래인 늙은이라지만, 그래도 후배들이 공사를 임함에 불편함이 없게끔 해 두었거늘 그걸 없던 일로 만들어 버리면 조금 서운하지 않겠느냐."

"……죄송합니다."

사과는 했지만 죄송합니'다' 끝에 말꼬리를 올릴 뻔했다.

곽철용이 픽 웃었다.

"사과를 받고자 함이 아니다. 이것도 시대가 변해 간단 방증이고, 우리가 그대들이 정당한 경제활동을 할 수 있는 시대를 만들었단 자부심도 있으니까."

그 자부심은 평생 동안 목적을 위해 수단을 정당화해 온 사람만이 입에 담을 수 있는 말이기도 했다.

"……다만, 이성진."

이번엔 '아가'니 '봉효의 손주'니 하는 일 없이 내 이름 석 자를 입에 담았다.

'배경이나 연고를 차치하고, 지금부터 오롯이 나 자신으로 대하겠단 건가.'

곽철용이 술잔을 들어 다시 입술을 축였다.

"새 술은 새 부대에 담으랬지. 나 역시도 늘그막이지만 새로운 시대에 맞춘 새로운 방식으로 너를 대해 보고자 한다."

……그러면 설마, 세무조사로 나를 때려 볼 셈인가?

그건, 초등학생을 상대로 너무한 거 같은데.

곽철용이 술잔을 내려놓고 나를 보았다.

"거래를 하자꾸나."

"……."

거래라니, 안기부를 상대로?

"거래…… 말씀입니까?"

내 말에 곽철용이 미소를 지었다.

"그래. 거래다."

암만 요즘 우리 회사가 잘나간다고 한들, 상장도 하지 않은 신생 회사에 불과하다.

그러니 국가 권력기관과 '거래'라는 이름으로 맞먹을 급은 결코 아닌데…….

'혹시, 삼광을 염두에 두고 있나?'

설마.

곽철용이라고 할지라도 내 배후에 있는 이휘철의 존재를 무시하진 못할 터.

'뉘앙스상으로 느껴지기론 그 역시도 삼광이 아닌, 나를 목적으로 하고 있단 느낌이지.'

곽철용이 말을 이었다.

"너는 그저…… 앞으로 인수할 일산출판사 안에 독립된 부서 하나만 만들어 주면 된다."

"……."

"너에게 해가 될 일은 없을 것이야. 그 부서는 회사 경영에 아무런 터치도 하지 않을 거고, 월급을 인상해 달란 말도, 노조를 결성할 일도 없다."

방금 그건 농담이었다는 양 곽철용이 빙긋 웃었다.

"아예 사무실이 없어도 무방하지. 그저 내가 서류로 보낸 사람 몇 명만 자리에 앉혀 두면 그만이란다. 어떠냐?"

별거 아닌 일이었다.

아마, 일산출판사 쪽에도 동일한 방식으로 안기부를 심어 두었으리라.

'물론 그렇다고 안기부 사람을 대놓고 앉히겠단 것보단 회사 속의 회사로서 비자금을 만들기 위한 자금 세탁용 페이퍼 컴퍼니 역할을 하겠단 의미겠지.'

이전에도 그러했으리라.

자세한 건 돌아가서 일산출판사 서류 속 안영출판사의 근황을 살펴보아야 알겠지만, 내게 '거래'를 제안해야만 하는 안기부의 현 상황도 얼추 이해는 갔다.

'곽철용은 경영에 아무런 터치도 하지 않을 것이라고 말했지만, 일산출판사가 그들을 인수했을 당시엔 그렇지만도 않았을 거야. 하지만 그 영향력 발휘가 우리 회사에도 이어지지는 않을 테지.'

한때 무소불위의 권력을 자랑하던 안기부는 이번 정권 들어서면서부터는 서서히 힘을 잃어 가고 있었다.

'또, 다음 정권이 되면 그 상황은 더욱 가속화될 것이고.'

오죽하면 김일성이 죽었을 때, 삼광이 안기부보다 먼저 해당 정보를 캐치했단 소문이 나돌았을까.

그러니 일산출판사가 내게 인수될 때까지 손 놓고 있었던 것도, 따지고 보면 '손 놓고 있을 수밖에 없는' 상황이었으리라.

그런 상황이니 경영에 간섭하지 않겠다는 곽철용의 말은 어느 정도 신뢰할 수 있었다.

하지만 썩어도 준치라고, 안기부는 안기부였다.

비록 지금은 '거절할 수 없는 제안' 단계는 아닐지라도 무턱대고 손절할 단체 또한 아니었다.

'그렇다고 안기부와 손을 잡았다간, 나중에 우리가 안기부의 뒤를 봐주고 있었단 게 드러나면 골치 아파질 수도 있어.'

나는 고개를 끄덕였다.

수락의 의미는 아니었다. 어디까지나 곽철용의 제안을 '알아들었다'는 신호였다.

"예, 말씀하신 건 저에게도 부담이 되는 제안은 아닙니다. 저희가 일산출판사를 인수한 뒤로도 업의 특성상 기존의 경험 많은 인사를 배제할 생각은 없으니까요. 다만."

나는 곽철용의 제안을 덥석 물기 전에 넌지시 물었다.

"어르신, 그런데 그걸 거래라고 말씀하신 건 어째서인가요?"

내 말에 곽철용은 희미한 미소를 지었다.

"그래. 네가 내게 해 주는 일을 대가로 이 늙은이가 너에게 무언가를 해 준다면, 그것은 응당 거래라고 할 만할 것이다."

"……"

"요 근래 들어, 나라가 제법 떠들썩하지."

대한민국이 떠들썩한 건 하루 이틀 일도 아닌데.

내가 주어를 말해 주었으면 하고 생각하는 찰나, 곽철용이 말을 이었다.

"조광."

"……"

조광?

곽철용이 뱉은 2음절 단어에 나는 그만 표정에 당혹감을 드러낼 뻔한 걸 간신히 억눌렀다.

'조광이라니, 설마 다 눈치채고 있는 건가?'

감춘다고 감췄음에도 불구하고 내 안면근육에 미세한 꿈틀거림이 있었는지, 곽철용은 입가에 드리운 미소를 조금 더 짙게 만들었다.

"운락정 때 있었던 일 이후로 줄곧 관심이 가서 말이다."

"……"

운락정 당시는 박상대가 아직 살아 있을 때였다.

그의 장인이 될 예정이던 최갑철은 나와 김기환을 압박해 왔으나, 이휘철과 곽철용이 시의적절하게 개입해 이를 '없던 일'로 만들었다.

만일 그 두 사람이 개입하지 않았더라면 나는 꼼짝없이 최갑철에게 붙들리고 말았으리라.

'그게 내 발목을 붙잡지 않은 건 두 사람이 나서 준 덕분이기도 하지.'

곽철용이 말을 이었다.

"그때만 하더라도 네가 잘 알아들었을 것이라 생각하고 내버려 두었더니, 너는 다른 방식으로 조광, 그리고 박상대를 향한 압박을 이어 갔지."

"……."

"너를 책망하려는 것은 아니다."

곽철용은 그윽한 시선으로 나를 보았다.

"몇 가지 우연한 일이 겹쳐 일이 커지긴 했으나, 본질은 사건 당사자의 과오와 실책이 야기한 것들이야."

곽철용이 미지근한 차를 한 모금 마셨다.

"만약 박상대가 정순애를 살해하지 않았더라면, 그리고 조세광이 박길태를 살해하지 않았더라면 일이 이 지경까지 흐르지는 않았을 거다."

그는 다 알고 있었다.

"다만 네 경우는 조금 깊이 발을 들이고 말았다…… 그런 생각이 들더구나."

곽철용이 미소를 거두었다.

"그 모든 사건의 배후에는 이성진, 네가 자리하고 있었다. 네가 자금을 대서 만든 도깨비 신문이란 인터넷 매체, 그리고 조세광에게 건넨 도청기……. 아, 네 외가인 뉴월드백화점이 박상대를 압박하는 일에 도움을 준 것도 빼놓기 힘들겠군. 아무튼 결과적으론 그 모든 것들이 조광과 박상대를 압박하여 현 상황으로 이끈 거라고, 누군가는 생각해 봄 직하지."

"……."

……뿐만 아니라, 사건의 핵심을 간파하고 있기까지 했다.

"네 표정을 보니 내가 잘 넘겨짚은 모양이구나."

곽철용이 빙긋 웃었다.

"놀랄 것 없다. 몇 가지는 공문화된 정보로 남았고, 내게는 그 정보가 누락되는 일 없이 손에 들어왔을 뿐이니까. 때때로 절차라는 것이 사람들의 눈을 흐리게 만들기도 하지만, 그건 내게는 해당하지 않는 이야기란다."

검경 측이 손에 넣을 수 없었던 정보, 조광 측이 손에 넣을 수 없었던 정보 모두를 아울러 손에 쥔 것만으로도, 곽철용은 두 사건 모두의 연결 고리를 엮어 배후의 나를 찾아낸 것이었다.

"한 가지 궁금한 건, 어째서 그렇게까지 공을 들여 조광과 박상대를 몰락의 길로 밀어붙였느냔 건데……."

"……."

"혹시, 박상대가 예전, 네게서 사탕을 뺏은 일이라도 있었느냐?"

그는 농담처럼 말을 했지만, 마냥 농담처럼 들리는 이야기는 아니었다.

공식적으로, 나는 박상대와 조광에 아무런 원한도 없는 인물이다.

내가 그들을 견제했던 건, 미래에 있을지도 모를 적을 하나라도 줄이기 위함일 뿐.

그러니 없는 일도 만들어 내는 안기부라 할지라도, 내 동기를 추측하는 건 불가능할 것이다.

'굳이 꼽자면 조세화와 구봉팔을 이용해 조광을 간접 지배하는 것이 있겠지만…… 그걸 생각하는 것 같지는 않군.'

나는 일부러 무표정한 얼굴로 물었다.

"……혹시 거래라고 하신 건, 그것과 관련한 내용입니까?"

내 말에 곽철용은 잠시 어리둥절한 얼굴로 나를 보더니 헛웃음을 터뜨렸다.

"허허, 녀석두. 하긴, 본론을 향해 성급하게 나아가는 건 젊은이들의 특권이지."

"……."

"그래. 네 동기는 굳이 묻지 않겠으나, 내가 내세울 대가는 '그것'과 무관하지 않은 이야기다."

곽철용이 미소 띤 얼굴로 말을 이었다.

"아직까진 봉효도 모르는 이야기이기도 하고."

"……."

협박인가?

하지만 곽철용은 그런 내 생각을 꿰뚫어 보기라도 한 양 말했다.

"그리고 그건 늘그막에 찾아온 내 나름의 호기심과…… 지인의 영리한 손주를 향한 호의인 게지. 자고로 손주 자랑 은 꼴불견 팔불출이지만, 봉효의 손주라면 나도 인정하고 있단다."

곽철용은 잠시 뜸을 들이다가 입을 뗐다.

"잠깐, 결과의 이야기다. 늙은이의 추측과 망상이라고 보 아도 좋아."

말하는 곽철용의 얼굴엔 쓴웃음이라 부를 만한 것이 배여 있었다.

"대선이 머지않았으렷다. 다음 정권은 좌우 누가 앉든 간 에 아마 우리에게 호의적이지 않을 것이다. 아, 물론 '우리' 라고 말한 건 내가 몸담고 있던 곳을 뜻하는 거란다."

슬쩍 미소를 지었던 곽철용은 다시 미소를 거둬들였다.

"소비에트연방이 붕괴되었고, 북한은 이제 대한민국을 어 찌하지 못한다. 봉효는 앞으로 중국이 커질 것이라고 말했지 만, 그 중국은 이념과 무관한 것을 지향해 갈 게야. 바야흐로 자본주의 진영이 승리를 거뒀고, 군인이 정치를 하던 시절은 지나갔지. 앞으로도 군인 출신이 정치를 할 일은 없을 것이다. 최소한, 내가 눈 뜨고 있는 동안은 벌어지지 않을 일이야. 정치하는 사람이 정치를 하게 되면 더 이상 수상한 단체의 손을 빌리지 않게 될 것이고…….”

그 스스로 '추측과 망상'이라 자처한 것과 달리, 그는 제법 정확하게 앞으로 있을 일을 예견하고 있었다.

“……하물며 같은 국민을 의심의 눈초리로 보는 일이야 오죽하겠느냐. 이제부턴 정말로 양지를 향하는 일 없이 음지에서 있는지도 없는지도 모르게 지내야 할 게야.”

어느 정도는 맞는 말이었다. 어느 정도는.

곽철용이 잠시 뜸을 들였다가 말을 이었다.

“내 비록 너에겐 거래라고 말하였지만 사실상은 요청을 하는 것이지.”

“…….”

“하나, 그런 조직이라도 아직은 조금 쓸 만하다고 자부하고 있단다. 만약 네가 이번 제안에 응해 주기만 한다면 조금은 이득이 될 거란 걸 장담하마. 그래, 이를테면…….”

그때 곽철용의 품에 들어 있던 핸드폰이 울렸다.

단음 벨소리.

삼광전자가 만든 클램의 디폴트 음이었다.

곽철용은 잠시 눈썹을 씰룩였다가 품에서 벨소리를 울려대는 핸드폰을 꺼내 들었다.

"미안하구나. 여간해선 오지 않는 전화가 왔다는 건 응당 이유가 있으니, 잠시 받으마."

그는 내 양해를 구하지도 않고—안 됩니다, 하고 말할 생각도 없었지만—자리를 옮기는 일도 없이 그 자리에서 핸드폰을 받았다.

그건 통화라고 부를 수도 없을 만한 것이었다.

딸각.

곽철용은 전화를 받고 3초도 지나지 않아 폴더를 닫았다.

"너에겐 좋은 소식인지 아닌지 모를 연락이구나."

"예?"

곽철용이 핸드폰을 품에 넣으며 말을 이었다.

"방금 전, 조세광에게 구속영장이 발부되었다고 하는군."

"……그랬군요."

방금 전까지만 해도 '아무런 힘도 권력도 없다'는 걸 역설해 왔으면서, 이제 막 결행되었을 따끈따끈한 정보를 손에 넣었다니.

하지만 그와 별개로.

'드디어……!'

내겐 호재였다.

나는 일부러 담담한 표정을 짓고 있었음에도 곽철용은 그런 나를 향해 능글능글 웃어 보였다.

"클클. 친구가 경찰에 잡혀 갔는데도? 녀석, 역시 만만치 않구나."

"……."

저 영감, 아예 내 속을 꿰뚫어 보는 모양이군.

늦은 밤, 조설훈의 자택 주위를 경찰차 몇 대가 둘러쌌다.

사이렌은 울리지 않았지만 어두운 밤 그늘이 뒤덮인 고급 주택 단지 거리를 경광등 불빛이 어지럽게 빛냈고, 세대 주민들은 그 요란한 불빛에 저마다 커튼을 걷어 무슨 일인가 하며 바깥을 살폈다.

텅.

소리 나게 문을 닫은 정진건이 조설훈의 저택을 향해 성큼 걸음을 걸었다.

"아따, 집 좋구마잉."

그 뒤를 따라온 박순길은 그런 감상을 입에 담았지만, 정 진건은 대꾸하지 않고 현관 벨을 눌렀다.

지잉.

벨이 울리고 얼마 지나지 않아 대문 인터폰이 이를 받았 다.

—예에……. 옴마나, 세상에. 마님, 마님!

상주 파출부인 듯한 목소리는 인터폰 카메라로 바깥에 쫙

깔린 경찰들을 보더니 어마 뜨거라 하며 고용주를 찾았고,
이내 창문 커튼이 살짝 열렸다가 휙 닫혔다.

　-누구세요?

이내 신경질적인 여자 목소리가 긴장을 허세로 가리며 인
터폰을 울렸다.

"광수대 강력반 정진건 형사, 경찰입니다."

정진건의 말에 여자는 잠시 뜸을 들였다가 말을 이었다.

　-경찰이 무슨 일이죠?

"자세한 건 안쪽에서 말씀드리죠."

　-……일 없어요. 영장이라도 있는 거예요?

정진건은 품을 뒤져 인터폰 카메라에 대고 영장을 보였다.

좀 더 실랑이가 오갈 거라고 생각했더니, 얼마 지나지 않
아 철컹, 문이 열렸다.

바깥의 소란이 여간했는지 본체로 향하는 정원에는 이미
트레이닝복 차림의 남자들이 우르르 몰려 나와 주위를 에워
싸고 있었다.

동네 지구대에서 파견 나온 순경들은 겁에 질린 눈으로 곁
눈질을 돌렸지만, 정진건과 박순길은 태연하게 정원을 가로
질러 휘황찬란한 건물로 향했다.

조설훈은 뒷짐을 진 채 건물 현관 대리석 계단 위에 서 있
었고, 정진건은 그런 조설훈을 향해 꾸벅 묵례했다.

조설훈은 가벼운 고갯짓으로 그 인사를 받은 뒤 계단을 내

려와 몸을 옆으로 틀었다.

"들어가시죠."

설령 경찰 앞이라 할지라도 부하들 앞에서는 결코 약한 모습을 보이지 않는다.

조설훈이 자신의 카리스마를 지키고 유지하는 방법이었다.

"그럼 실례하겠습니다."

정진건 역시 지구대 순경들은 입구에 세워 두고 박순길만을 대동해 집 안으로 들어섰다.

복도를 지나 거실로 향하니, 불안한 눈으로 불청객을 보는 고용인들과 언짢은 표정의 부인, 2층으로 향하는 계단에 선 안색이 파리한 조세화가 있었다.

조세광은 없었다.

"앉으시죠."

조설훈은 거실 소파에 자리를 권했지만, 정진건은 선 채로 대답했다.

"아닙니다. 피차 불편하실 테니 공무를 마치는 대로 돌아가겠습니다."

"……영장이 나왔다고 들었습니다만. 체포? 구속?"

"구속영장입니다."

정진건이 영장을 보여 주자 조설훈은 물끄러미 그걸 보곤 고개를 끄덕였다.

"확인했습니다. 세화야."

조설훈의 말에 조세화가 흠칫하며 대답했다.

"네, 아빠."

"세광이를…… 데려오거라."

애써 태연한 척하고 있었지만, 목소리가 떨리는 건 막지 못했다.

"……네."

조세화는 계단을 올라 2층 조세광의 방문을 노크했다.

똑똑.

"오빠, 나야. 들어가도 돼?"

대답은 없었다.

쿵쿵쿵.

조세화는 문을 좀 더 세게 두드렸다.

"10초 뒤에 들어간다."

1, 2, 3, 4, 5……. 그때 조세광의 방문이 벌컥 열렸다.

"뭐야?"

힐끗 방 안쪽을 보니 헤드셋과 플레이스테이션이 있을 뿐이었다.

불쾌한 걸 보지 않아서 다행이었다.

"아빠가 오빠 내려오래."

"……왜? 지금은 자유시간인데."

"경찰이 찾아왔어."

잠시, 조세광은 자신이 뭔가 잘못 들었나 싶어 표정이 굳었다.

"……경찰?"

"그래."

"뭔 웃기지도 않는 소리야?"

"궁금하면 창밖을 봐."

조세광은 잠시 조세화를 노려보다가 성큼성큼 방 안쪽으로 걸어 들어가 창문 커튼을 확 열어젖혔다.

"……씨팔."

나직이 욕을 뱉은 조세광은 커튼을 닫았고, 그걸 본 조세화가 입을 뗐다.

"도망갈 생각은 하지 마."

"……너, 그게 지금 할 말이라고 생각 하냐?"

"괜히 일 복잡하게 만들지 말란 의미야. 설령 지금 오빠가 창문 밖으로 도망에 성공한다고 쳐도, 뭘 언제까지 할 수 있겠어?"

"……."

"그냥 얌전히 따라가. 아빠도…… 오빠라면 최선을 다해 보호해 주실 테니까."

조세광이 픽 웃었다.

"너 요즘 이성진이랑 어울리더니, 좀 변했다?"

"······내가 뭘."

"알았어. 나가지 뭐."

조세광이 방 안을 힐끗 쳐다보았다.

"저거 세이브해 놔. 갔다 와서 마저 할 테니까."

"응."

조세광은 조세화의 어깨를 툭 건드리고 지나갔는데, 조세화는 오빠의 손끝이 파르르 떨리고 있던 걸 눈치챘지만 아무말도 하지 않았다.

계단을 내려온 조세광은 정진건과 박순길을 보곤 저도 모르게 인상을 찌푸렸다.

'정진건이라고 했었나.'

저들은 오늘 오전에 오락실에서 만났던 자들이었다.

조만간 경찰서에서 보잔 말을 으르렁거린 사이였는데, 당일 집에서 보게 될 줄이야.

정진건의 예언은 보기 좋게 빗나간 셈이었지만, 오히려 조세광의 입장에선 더 최악인 재회였다.

그사이 조설훈은 가족이 아닌 다른 사람은 모두 물린 상황이어서, 거실에는 조설훈과 그의 아내 정도뿐이었다.

정진건은 수갑을 꺼내려는 박순길을 막은 뒤, 사무적으로 입을 뗐다.

"조세광, 귀하를 96년 7월 ×일, ××시 ××분부로 살인혐의로 체포합니다. 변호사를 선임할 수 있으며······."

정진건의 미란다원칙 고지를 들으며 조세광은 무표정한 얼굴이었고, 그것이 끝나자마자 발걸음을 옮겼다.

"다 끝났으면 가죠."

"⋯⋯그래."

조세광은 발걸음을 옮기며 힐끗, 남은 가족의 면면을 살폈다.

의붓어머니는 경찰의 방문에 놀란 눈치였지만, 조세광 본인의 체포에 대해선 아무런 감정도 없는 듯해 보였다.

그녀야 예전부터 그러했고, 조세광 본인도 의붓어머니에 대한 애정이 전혀 없었으니 아무렇지도 않았다.

심지어는 친자식인 조세광의 이복동생 조세화를 향해서도 그 어떤 모성의 흔적을 읽을 길이 없어서 조세광은 그녀를 때때로 혐오하기까지 했다.

'그런 여자와 재혼을 하다니, 아버지는 저 여자의 어디가 그렇게 좋았던 걸까.'

조설훈은 무표정했다.

조세광은 아버지의 저 무표정한 얼굴이 싫었다.

얼마 전, 자신의 뺨을 후려갈길 때조차도 그는 무표정했던 것이다.

조설훈은 남 앞에서—심지어 자신의 가족 앞에서조차—감정을 드러내지 않았고, 그 기복을 홀로 삭일 뿐 뼛속까지 냉정한 인물은 아님에도 불구하고, 조세광은 자신의 아버지를 끝없이 냉정할 뿐인 사람이라 생각했다.

그리고 조세화.

조세화는 2층 난간에 서서 자신을 내려다보고 있었다.

이 집구석에서 '그나마' 정이 가는 존재라면 조세화뿐이었다.

모친이 저 모양이니 괜히 신경이 쓰이던 것도 있었고, 다른 남매에 비해 나이 차가 적지 않은 편이란 것도 한몫했다.

비록 이복동생이지만 최소한 남들 정도는 되었다……고 생각했다.

그렇게 면면을 모두 살핀 조세광은 정진건의 뒤를 따라 현관을 나섰고, 대문을 나서서 경찰차에 올라탔다.

경찰차 뒷좌석에 앉아 차창 밖을 보니, 자신의 방 유리창에 조세화의 모습이 보였다.

조세광은 보일 리 없다고 생각하면서도 손을 흔들어 준 뒤, 의자에 등을 파묻었다.

"……."

조세광이 집을 나가자마자 조설훈은 서재로 들어갔다.

의자에 앉은 조설훈은 서랍을 열어 두툼한 가죽 수첩을 꺼냈다.

조설훈의 보물 중 하나로, 이 손때 묻은 가죽 수첩은 그의 인맥 목록이었다.

거물 정치인, 사업가, 고위직 공무원, 등등.

물론 개중엔 '좋은' 사람만 있는 건 아니었다.

조설훈은 ㄱ(기역) 항목의 김보성 옆에 적힌 개인 전화번호를 물끄러미 쳐다보았다.

김보성.

어젯밤 만나 보았을 뿐이었지만, 재미없는 사내였다. 그러잖아도 조세광은 슬슬 어떤 방식으로든 손을 써 볼 생각을 하고 있었다.

몇 다리를 건너 알아보니, 사법연수원 시절부터 벽창호로 유명했다고 했다.

그래서 본인을 공략하는 건 힘드니, 그 주변인을 살살 긁어 볼 생각을 해 왔는데…….

'……빠르군.'

이쪽이 무언가, 대처를 하기도 전에 전광석화처럼 움직였다.

조세광이 구속영장을 발부받은 건, 지금이라도 변호사를 불러 어떻게 된 일인지 법률문제를 문의해 따져야겠지만, 당장 중요한 건 그게 아니었다.

조세광은 무선전화기를 들고, 김보성의 개인 연락처 전화번호를 꾹꾹 눌렀다.

뚜르르.

몇 차례 신호가 가고, 얼마 지나지 않아 상대가 받았다.

―예, 김보성 검사입니다.

조설훈은 한 차례 숨을 고른 뒤, 천천히 입을 뗐다.

"접니다. 조설훈."

상대는 잠시 뜸을 들였다가 말을 받았다.

―아, 조설훈 사장님이셨군요. 어젯밤에는 잘 들어가셨습니까.

"……예, 덕분에."

―그 외에 별고는 없으시죠?

별고 없냐고? 지금 시비를 거는 건가?

조설훈은 부글부글 끓어오르는 속을 억누르며 또박또박 발음했다.

"방금 내 아들이 경찰에 체포되었소."

―압니다. 일찍 도착했군요.

하마터면 욕을 할 뻔했다.

"……무언가 오해가 있으신 듯합니다. 제 아들이 사고는 조금 치고 다니지만, 살인이라니요. 그럴 아이는 아닙니다."

물론, 조설훈은 조세광이 무슨 일을 벌였는지 알고 있었다.

그럼에도 그런 말을 굳이 입에 담은 건, 자칫 잘못했다간 덤터기를 쓸 여지가 다분했기 때문에 말을 아끼는 것일 뿐.

일단은 대체 어떻게 된 일인지 알아내는 것이 급선무였다.

누가 불었는지, 아니면 다른 증거가 나와서 잡아간 것인지, 뭐가 됐건 판사가 구속영장을 발부할 정도의 일이라면 이쪽에 불리한 것일 터였다.

김보성은 에두르는 법 없이, 조설훈의 의구심을 해소해 주었다.

―목격자 지동훈이 지금까지 했던 증언을 철회하였습니다.

"……."

지동훈?

조설훈은 잠시 '그게 누군데' 하고 생각했다가, 기억 구석에 희미하게 남아 있던 어느 대상의 이름 석 자를 간신히 떠올렸다.

"그러니까…… 김수영의 친구라는……."

―예. 그는 당시 '개인적인 일로 다툼을 벌이다가' 그런 비극적인 일이 벌어졌다고 말했습니다만…… 실은 협박을 당하는 바람에 위증을 했다고 하더군요.

"……협박 말씀입니까?"

―예. 누구의 사주였는지는 모르겠습니다만.

왠지 모르게 김보성이 입가에 미소를 걸고 있을 것 같단 생각이 들었다.

―자세한 건 아드님께 들어 봐야 알 듯합니다. 아, 변호사는 선임하시겠죠?

"……물론입니다."

으득.

조설훈이 이를 갈았다.

'배신자가 나온 거였군.'

협박이 약했거나, 쥐여 준 돈이 충분치 못했거나, 둘 다이 거나.

'그러니까 아예, 끝장을 내 버려야 했는데.'

마음이 물러서가 아니라, 경찰의 감시도 있었고, 그도 경황이 없어서 우선순위에서 제쳐 두고 있던 일이었을 뿐이었다.

"자세한 건 변호사를 통해 듣지요."

─좋습니다. 아, 그리고.

김보성이 말을 이었다.

─소환장 받으셨죠? 사장님도 빠른 시일 내에 소환에 응해 주시리라 믿고, 조만간 모시겠습니다. 그때 뵙죠.

뚝.

제 할 말을 마친 김보성은 그대로 전화를 끊어 버렸다.

"……."

퍽!

조설훈은 신경질적으로 무선전화기를 던졌다.

"이 개새끼가!"

와르르.

조설훈의 마호가니 책상 위가 와르르 쓸려 내려갔고, 몇몇 집기는 운이 좋게도 카펫 위로 떨어져 깨지는 걸 간신히 면했다.

그러고도 분이 풀리지 않은 조설훈이 숨을 헐떡거리고 있을 때.

똑똑.

조심스러운 기색이 역력한 노크 소리가 조설훈의 서재 문을 두드렸다.

고용인일 리는 없고.

"……누구냐."

응당 아내겠거니, 생각하고 있었는데, 들려온 목소리는 의외였다.

"아빠, 저예요. 조세화."

"……."

평소엔 얼씬도 하지 않던 조세화가?

조설훈은 그제야 난장판이 된 서재를 둘러보다가 대강 둘러댔다.

"지금은 바쁘다."

조세화를 이곳에 들이고 싶지 않았다.

딸 앞에서 못난 아비의 모습을 보여 주고 싶지 않아서라기보단, 남에게 자신의 약점을 보여 주고 싶지 않단 1차원적인 저항감이었다.

더군다나 바쁘단 것도 빈말은 아니었다.

그는 지금부터 경찰의 추가 조사가 있기 전까지 정리해야할 일도 있었고―일테면 조세광이 만든 요상한 패거리처럼―변호사며 고위 공직자, 판사, 그리고 이 모든 일의 전말을 알고 있는 조지훈에게도 연락을 돌려야 했다.

하지만 이번만큼은 조세화도 물러서지 않았다.

"이건 무조건 들으셔야 해요. 부탁드려요 아빠."

"……."

"오빠뿐만 아니라 아빠도 관계된 이야기예요."

나까지?

결국 조설훈은 마지못해 문으로 향했다.

달각.

조설훈이 문을 열었다.

문 밖에는 조세화가 (자신 앞에서는 언제나 그러하듯)주눅 든 기색으로 서 있었다.

조설훈은 그녀를 서재로 들이는 대신 문을 닫고 그 앞에 기대어 섰다.

조세화에게 난장판이 된 서재를 보이고 싶지 않았기 때문이었다.

그건 아버지로서 딸에게 약한 모습을 보이고 싶지 않기 때문이 아닌, 개인 대 개인으로서 타인을 대하는 조설훈의 버릇이었다.

"말해 봐라."

"예? 아, 넵!"

조세화는 조세화대로 방금 전 문 밖에서 들린 소음으로 조설훈의 기분이 어떻단 걸 눈치채고 있었지만, 그걸 입에 담을 그녀가 아니었다.

그럼에도 조세화는 밀실에서 이야기를 하고 싶었는지 닫힌 방문을 힐끗 살폈지만, 지금은 그럴 수 없단 걸 깨닫곤 하는 수 없이 뒤로 돌린 손에서 무언가를 앞으로 슥 내밀었다.

　　"……."

　　언젠가 그녀가 병원에 가지고 왔던 홀인원 기념 트로피였다.

　　"……이걸 봐 주시겠어요?"

　　조설훈은 난데없이 무슨 일인가 싶어 하면서도 덤덤히, 반사적으로 트로피를 건네받았다.

　　……가볍다. 무척.

　　조설훈은 고개를 들어 조세화를 보았다.

　　"이건?"

　　"트로피예요. 저번에 성진이랑 할아버지 병문안을 갔을 때 가져다 놓았던……."

　　"안다. 본론을 말해."

　　조세화는 움찔했다가 우물쭈물 말을 받았다.

　　"네. 어저께 할아버지께서 중환자실로 자리를 옮기실 때 병실을 치우다…… 속이 비어 있는 걸 알게 되었어요."

　　"……."

　　속이 비어 있었다?

　　말하는 것이, 처음부터 트로피가 이 모양이었단 의미가 아니었다.

동시에 이 이상 알게 되면, 판도라의 상자를 열게 된다는 직감이 조설훈을 강하게 짓눌렀다.

조설훈이 채 생각을 이어 가기 전, 조세화는 주머니에서 조그마한 기계장치를 꺼내 그에게 내밀었다.

"그리고 안에는 이게 들어 있었고요."

"……."

도청기였다.

그걸 본 조설훈은 잠시 동안 올 게 오고 말았다는 생각뿐, 머릿속에 그 외에 아무런 생각도 들지 않았다.

그러면서 조설훈의 의식 저변은 조세화의 트로피 속에 도청기가 있었다는 사실에 대해, 한 가지 결론에 다다랐다.

누군가가 도청을 목적으로 트로피를 바꿔쳤다고 하는, 자명한 사실.

조설훈은 스스로도 놀랄 만큼 차분한 어조로 물었다.

"내용은 들어 보았느냐?"

분노가 어느 정도 선을 넘게 되면 냉정해지는 것이다.

조세화가 고개를 저었다.

"아, 아뇨. 그걸 재생하려면 별도의 재생 기기가 필요하다고, 성진이가……."

이번에도 그 꼬맹이인가.

조설훈은 무표정한 얼굴로 고개를 끄덕였다.

"……이성진 외에 이걸 알고 있는 사람은?"

"없어요."

"아무튼 알았다. 돌아가 봐라."

조세화는 더 하고 싶은 말이 있는지, 돌아가지 않고 복도에 선 채로 우물쭈물하고 있었다.

"뭐냐?"

"저…… 아빠."

조세화가 떨리는 목소리를 억눌렀다.

"오빠는 괜찮을까요?"

"모르겠다."

조설훈은 저도 모르게 약한 소릴 내뱉고 말았단 자각이 들자마자 얼른 덧붙였다.

"하지만 걱정할 거 없다. 내가 뭐든 할 테니까."

"……예."

마지못해 고개를 숙인 조세화는 그것이 텅 비고 공허한 위로임을 눈치챈 듯했다.

"그러면 안녕히 주무세요."

멀어지는 조세화의 등을 보며 조설훈은 아버지로서, 하다못해 연장자로서 무언가 그럴듯한 말을 해 주었어야 했는가, 뒤늦게 자책했지만.

지금은 그게 중요한 것이 아니란 생각에 고개를 저었다.

난장판이 된 서재로 돌아온 조설훈은 트로피와 도청기를 휑한 책상 위에 올리곤 생각에 잠겼다.

'이번에도 도청인가.'

두 번을 연거푸, 같은 방식으로 뒤통수를 얻어맞았더니 헛웃음이 나왔다.

이내 입가의 미소를 거둔 조설훈은 책상 위의 트로피를 물끄러미 쳐다보았다.

'……세화의 트로피가 병실에 놓인 당시엔 아무 문제도 없었어. 그러면 이건 최소한 그 이후에 놓인 물건이란 의미가 되는데…….'

이성진과 조세화가 병실을 다녀간 직후, 조지훈이 박길태를 시켜 설치한 도청기가 발견되었다.

'녀석 말로는 아버지가 직접 맡겼다고 그랬지.'

이후 이성진을 불러 조지훈과 삼자대면을 한 날부터는 조세화가 고용한 인력을 제외하곤 병실에 얼씬도 하지 않기로 합의를 보았다.

조설훈은 그날 있었던 일을 머릿속으로 떠올리고 있었다.

'그날, 조지훈이 도착하고 그다음 이성진이 방으로 들어갔지. 그땐 트로피가 있었던가? ……있었던 것 같군. 즉, 시간상 트로피에 도청기를 숨겨 가져다 놓을 수 있었던 건 조지훈 아니면 그 자식인데.'

다만 그러려면 이성진이 조지훈과 손을 잡고 자신을 엿 먹여야 가능한 일이었다.

'……그럴 리는 없나. 애당초 이 일과 엮이고 싶지 않다며

일찍이 손을 뗀 놈이었으니.'

그러면서 조설훈은 조지훈이 '도청한 카세트테이프'를 양철 가방에 넣어 왔단 걸 기억해 냈다.

그리고 자신은 그 내부를 확인하지 않았던 것까지도.

'그때 이미 원본 트로피가 가방 속에 들어 있었던 거로군. 그 와중 트로피 속에 감춰 둔 도청기는 계속 돌아가고 있었고.'

이어서 이성진을 돌려보내고 난 뒤 둘이서 나눴던 대화.

「……형님은 내가 왜 박길태더러 병실에 도청기를 설치하게 했는지, 궁금하지 않소?」

그러고 보면, 조지훈 그놈은 '일부러' 그러는 것처럼 박상대며 박길태와 관련한 화제를 입에 담았다.

당시만 하더라도 서로 간에 오해를 풀고 협의에 이르는 과정이라고 생각했지만, 만약 조지훈이 '의도적으로 자신의 약점을 잡기 위해' 수작을 부린 것이었다면…….

이중 함정.

「내가 그걸 가지고 경찰한테 팔아넘기기라도 할까 봐? 사람 잘못 봤소, 형님. ……만약 형님이 나를 그렇게 짐승만도 못한 새끼로 봤다면 실망이고.」

아이러니하게도, 그날 조지훈이 입에 담았던 말이 귓가에
선연히 들리는 듯하였다.

「놈을 어쩔 거요?」
「재낀다.」

또, 그러다 보니 남 앞에서는 해서 안 될 말을 입에 담기까
지 했다.

조설훈은 주먹을 꾹 쥐었다.

'……조지훈 이놈이 기어코.'

정황은 그뿐만이 아니다.

마침 아버지가 몸져누운 '지금 이 상황에' 자신의 아들이
경찰에 체포되었다?

더욱이 그 검사 놈은 어저께부터 '믿는 구석이 있다는 듯'
자신에게 공공연한 시비를 걸어왔다.

'손에 넣은 건가? 파기한 도청 기록을?'

하물며 조지훈은 그런 자리까지 도청기를 가지고 온 놈이
다.

양철 가방째로 도청 기록을 태워 버렸다곤 하나, 그놈이 또
다른 보험을 들지 않았으리라고 누가 장담할 수 있겠는가.

이 상황에 자신을 절벽 끝으로 내몰 수 있는 건, 그리고 그
렇게 함으로서 가장 큰 이득을 볼 수 있는 놈은, 조지훈뿐이

었다.

조설훈은 무표정한 얼굴로 품에서 핸드폰을 꺼냈다.

섣불리 판단해서 일을 그르치기 전, 몇 가지 확인을 할 필요가 있었다.

"……나다. 지금 당장 기계 만질 줄 아는 놈 좀 찾아봐."

그 말 속에는 부디 조지훈이 아니길 바라는, 혈육으로서 남은 마지막 희망이 담겨 있었다.

곽철용은 의자에 등을 붙이고 나를 물끄러미 바라보았다.

"김보성 검사랬나? 이만하면 포기해도 되었을 터인데, 제법 물건이군. 악바리 근성이 있어."

그는 김보성 검사의 이름을 입에 담으며 껄껄 웃었다.

분명, 그는 김보성을 알고 있는 것이리라.

'비록 대면을 해 보았을지는 알 수 없지만…….'

곽철용은 내 생각에 확신을 더하듯 말을 이었다.

"빨라도 내일 아침쯤에야 영장을 발부받겠거니 생각했는데, 담당 판사를 어지간히 쪼아 댄 모양이야."

"아는 사이십니까?"

"우연한 기회에 한 번 인사를 나눈 적은 있다."

곽철용이 빙긋 웃었다.

"그 집 여식과 친하게 지내는 너 정도는 아니지만, 서로 안면을 튼 사이기는 하단다."

"……."

이 사람, 도대체 어디까지 알고 있는 거야?

"끌끌, 아무튼 얼굴도 잘생기고 볼 일이로다. 자, 그럼."

곽철용이 그윽한 시선으로 나를 보았다.

"성진아. 네 생각에 앞으로는 이 일이 어떻게 흘러갈 것 같으냐?"

"……저도 잘 모르겠습니다."

나는 솔직히 답했다.

조광과 관련한 일은 수많은 우연적 요소가 겹치고 겹쳐, 내가 제어할 수 있는 단계를 떠난 지 오래였다.

조설훈은 승계권을 잃게 될까? 조지훈이 그 자리를 대신하게 될까? 아니면 신흥 세력으로서 조세화가 급부상하게 될까?

아직 모른다.

그래서 나는 이 상황에 할 수 있는 중립적인 입장만을 견지했다.

"그래도 만약 검찰 측이 확실한 물증과 증거를 가지고 조세광을 기소했다면, 이 일은 법대로 처리될 거라고 생각합니다."

"법대로, 라."

곽철용이 대놓고 순진한 소릴 하는 날 보며 씩 웃었다.

"그걸 물은 건 아니지만, 그래. 마침 기회이니 묻자꾸나. 대한민국은 분명 삼권분립을 추구하는 나라지. 학교에서 배웠을 터니, 그게 어떻게 구분되는지는 아느냐?"

우리나라의 통치 구조는 중학교에 가서나 배우기 시작하지만, 나는 담담히 그 말을 받았다.

"입법부, 사법부, 행정부를 말씀하시는 건가요?"

"전교 1등을 놓치지 않는다더니, 정말로 그런 모양이구나. 맞다. 입법부는 국회, 사법부는 법원, 행정부는 대통령이 최고 권한을 가지지. 하지만……."

곽철용은 찻잔을 비웠다.

"그건 어디까지나 이론상의 이야기일 뿐이다. 세 권력 기관이 솥발 세 개를 맡아 서로를 견제하는 건 그야말로 이상적인 이야기지. 그리고 이 나라는 그 균형이 알맞지 않아."

"……."

"암만 돈이면 다 되는 세상이라고 해도, 그 앞에서 사업가는 먹기 좋은 먹잇감이지. 사업가란 그래서 어느 줄에건 자신이 가진 최고의 무기인 돈을 쓴다. 입법부의 국회의원에 후원을 하고, 사법부의 판사를 키워 내고, 심지어 '운이 좋다면' 행정부의 수장이랄 수 있는 대통령을 만들기도 한단다."

어디에나 있는 음모론이지만, 곽철용의 입에서 나오니 무게감이 남달랐다.

"다만 그 일은 섬세하게 접근해야 하지. 결국은 무엇이든 돈으로 해결되는 세상이라서, 높으신 분들은 그 가공할 무기를 함부로 휘둘러 댈 수 없게끔 이런저런 제약을 걸어 두었거든."

곽철용이 입가에 비릿한 미소를 머금었다.

"그러니 어떤 의미에서 사업가란 존재는 역으로 각 권력기관이 눈치를 살피는 이들이기도 하지. 봉효는 그걸 잘 알고 있는 자였다."

"......."

그는 빈 찻잔을 뒤집어 그대로 툭, 탁자에 엎어 놓았다.

곽철용은 차를 대신하듯 자신의 술잔에 화주를 스스로 따랐다.

"즉 내가 하고 싶은 말은, 세상에는 조광이 망하는 걸 바라지 않는 사람도 얼마든지 있단 말이란다."

술이 잔 가득 차오르고, 곽철용은 그 넘칠 듯 말듯 표면장력이 아슬아슬한 잔을 지그시 쳐다보았다.

"이성진, 너는 사실 그동안 제법 위험한 줄타기를 해 왔다."

"......!"

"또, 지금 하고 있는 일 다음 영역으로 발을 들이는 건 더이상 봉효나 내 선의에서 해결할 수 있는 차원을 벗어난 일이 될 터이지."

그 말은 내게 은근한 협박임과 동시에 그가 나 모르게 베풀어 온 '선의'를 암시하는 발언이기도 했다.

확실히, 이전에도 내게 그는 이휘철과 함께 한 차례 최갑철의 공격을 막아 주었던 은공이 있었다.

그때 최갑철의 술수에 넘어갔더라면, 박상대와 내 관계도 지금과는 달라졌으리라.

또한 조광이라는 조직의 성격상, 만약 조광이 내가 배후에서 이 일을 획책하고 있었다는 걸 알게 되면, 내 신변에 좋지 않은 일이 닥치리란 것은 분명했다.

조광이 지금은 '합법'의 탈을 쓰고 있을 뿐이지만, 본질적으로는 폭력도 불사하는 위험한 조직이었으니까.

'궁지에 몰리면 쥐도 고양이를 무는 법이지……. 상호확증파괴도 가능한 일이야.'

설령 내 배경을 의식해 직접적인 위해는 가하지 않을지라도, 그 사실을 안다는 것 자체가 내겐 위협이었다.

"나는 일선에서 물러난 지 오래된 늙은이다. 하지만 마냥 이대로 물러난다면 체면치레가 힘들 입장이기도 하지."

곽철용의 손가락이 잔을 가볍게 튕기자, 술이 넘쳐흐르며 테이블보를 적셨다.

"그리고 이 나이에 지금껏 해 온 일이 마냥 없던 일처럼 된다는 건, 늘그막에 남기고 싶지 않은 미련이기도 하단다."

곽철용이 수건으로 손가락을 닦으며 은근한 협박을 이어

갔다.

"너 역시 사업가로서의 성취며 자부심이 있을 것이나, 아무리 봉효라 할지라도 제 손주가 위험에 빠지는 꼴은 두고 보지 않을 것이야."

만약 이번 제안을 파투 낼 경우 지금껏 해 온 일이 모조리 없던 것이 되고 말리란 건, 그에게나 나에게나 마찬가지인 일이었다.

나는 이태석의 한마디에 일궈 놓은 사업체를 빼앗길 수도 있었고, 그는 일산출판사의 인수로 비자금 루트를 잃는다.

'그래도 잃게 될 리스크로 따지면 앞길 창창한 내가 더 크겠지.'

하지만 여기서 그의 '제안'을 따르지 않는다고 해서, 곽철용이 이대로 쪼르르 이태석이며 이휘철에게 달려가 내가 했던 '위험한 일'을 일러바치지는 않을 것이다.

그저, 그가 '나 모르게' 해 온 '선의의 표명'이 더 이상은 없을 것이란 정도는 예상 가능했다.

그리고 내가 지금껏 무사할 수 있었던 건, 어디까지나 내 배경에서 비롯한 곽철용의 뜻이었다는 것도.

'……삼광이란 그늘 아래이기에 제멋대로 움직일 수 있었다는 의미에선 결국, 나도 이성진 그 새끼랑 다를 바가 없었던 거로군.'

나는 배어 나오려는 쓴웃음을 속으로 삼켜야 했다.

나는 물었다.

"……어르신께서 오늘 여기 오신 건, 저희 할아버지도 알고 계신 일인가요?"

"글쎄."

그는 의뭉스러운 미소로 내 말을 받았다.

"나도 그 친구가 무슨 생각을 하고 다니는지는 당최 모르겠구나. 다만."

곽철용은 예의 따라 놓은 술잔을 흔들림 없이 들었다.

"네가 이번에 출판사를 인수할 예정이라는 것 정도는 알고 있더구나."

"……"

그 말은 사실상, 이휘철이 내가 해 온 일을 다 알고 있단 의미나 진배없는 것이기도 했다.

동시에.

'……역시, 이 자리가 만들어진 것엔 이휘철의 암묵적 승인이 있다는 거로군.'

또한, 내가 해 온 모든 일이 이휘철의 손바닥 위에 있었단 것에 진배없었다.

그러면서도 이휘철은 무슨 생각에서인지, 내가 하려는 일을 손 놓고 방관하며 곽철용이 내게 접근하기까지 방관하고 있었다.

'내 의지와 선택을 보려는 건가?'

이 자리조차 이휘철의 제왕학 실전편이라고 하면, 그야말로 징글징글하지만.

그것도 이휘철이니 가능한 이야기다.

곽철용은 술잔을 한 모금 비운 뒤, 잔을 부드럽게 내려놓았다.

"뭐, 그도 우리가 어떤 처지인지는 꿰고 있겠지. 지금도, 앞으로도 별 힘을 못 쓰는 한물간 조직이라는 것도……."

"……."

드르륵.

곽철용이 자리에서 일어서며 내게 손을 내밀었다.

"하지만 만약 네가 이 손을 잡는다면, 우리에게 힘이 남아 있는 동안은 이번 일뿐만 아니라 다른 몇 가지 불필요한 싸움에 야트막한 언덕 정도는 되어 주마."

나는 그가 내민 주름투성이의 손을 보았다.

곽철용이 빙긋 웃었다.

"네가 이번 일로 무엇을 획책하는지는 나도 모른다. 아니, 알 필요도 없고. 이번 일로 인해 조광이 힘을 잃으면 너에게 무슨 이득이 있을지, 굳이 그걸 입에 담지는 않겠다."

"……."

그도 표면적인 일 정도는 알고 있는 건가.

어쩌면 조성광의 유언장 내용을 알고 있을지도 모른다.

하지만 그런 그도 '내가 그걸 알고 있다'는 걸 알고 있는지는 모를 것이다.

"어떠냐. 성진아. 별것 아닌 그늘뿐이지만, 썩 나쁘진 않다고 생각하지 않느냐?"

내가 그 손을 맞잡는다면, 나는 또 한차례 선을 넘고 말게 되리라.

'몰락이 예정된 국가기관과 손을 잡는다.'

그건 미래를 알고 있는 나뿐만 아니라 당사자인 곽철용 또한 어렴풋이 예견하고 있는 일이었다.

물론 안기부가 내게 직접적인 도움을 주거나 하지는 않을 것이다.

설령 그 손을 잡는다 할지라도 나나 안기부나 서로가 '무관계'함을 주장할 것이며, 안기부 측이 내 경영에 간섭하는 일도 없으리라.

하지만 그건 동시에 내게 장래 리스크로 돌아올지도 모를 일이기도 했다.

곽철용의 말마따나 사업가란 권력기관의 좋은 먹잇감이다.

대통령이 새로 집권할 때마다 재벌들을 호출하는 건 비밀도 아니었다.

그리고 정권이 바뀔 때면 지난 정권에 충성했던 재벌을 본보기 삼아 탈탈 털어 대는 것도 공공연한 이야기다.

털어서 먼지 나오지 않는 사람 없듯, 이런저런 구실을 잡아 그룹 오너를 교도소에 집어넣는 건 정권이 바뀔 때마다 벌어지는 한바탕 쇼이기도 했다.

나 역시 그런 압박에 자유로울 수 없을 것이고, 안기부와 줄을 대고 있다는 것이 걸리면 상대에게 공격당할 좋은 구실이 되어 주리라.

한편으로는 안기부가 내 편이 되어 주면 장래 있을지도 모를 이성진(나)의 죽음에 대비할 방책 중 한 가지는 되어 줄지도 모른단 생각도 있었다.

추후 국정원으로 개명된 뒤부턴 차츰 그 힘을 잃어 간다는 것이 주지의 사실이지만, 썩어도 준치라고 했다.

엘리트 요원들이 내 일거수일투족을 감시해 준다면, 그들이 나를 배신하지 않는 한 나는 어느 정도 안전을 보장받을 수 있으리라.

'저들을 오롯이 믿어서는 아니야. 이성진의 암살을 사주한 것이 누군지 모르는 이상은 해 볼 만한 도박이지.'

더군다나.

'……이미 한 번 죽었던 목숨이야.'

나는 곽철용의 손을 잡았다.

"앞으로 잘 부탁드리겠습니다. 어르신."

곽철용은 내가 승낙할 줄 알았다는 듯 빙그레 웃으며 내 손을 부드럽게 쥐고 흔들었다.

"잘 생각했다. 이 결정이 앞으로 네게 큰 이득을 가져다줄 게야."

곽철용은 껄껄 웃은 뒤 내게 자리를 권했다.

"자, 그럼."

곽철용이 자리에 앉으며 입을 뗐다.

"계약에는 응당 선금이 있어야겠지. 필요한 것이 있다면 내 쪽에서 한 가지 도움을 주마."

"도움…… 말씀입니까?"

"그래. 성진이 네가 바란다면, 관공서에서 사용하는 컴퓨터며 소프트웨어를 네 회사 걸로 채울 수도 있고, 경쟁 기업의 세무조사에 들어가거나, 아니면 네 마음에 들지 않는 사람을 이 세상에 없던 걸로 만들어 줄 수도 있단다."

그건 농담이겠지. 아마도.

내 표정이 제법 떨떠름했는지, 곽철용이 웃었다.

"농담을 너무 진지하게 받지 말거라."

아, 예. 참 재밌군요.

곽철용이 슬쩍 미소를 거뒀다.

"그게 아니면, 지금 수사 중인 사안에 더 이상의 외압이 없게끔 손써 줄 수도 있지."

"……외압, 말씀입니까?"

곽철용이 고개를 끄덕였다.

"그러잖아도 김보성 검사는 이런저런 압박에 시달리고 있단다."

곽철용이 턱을 매만졌다.

"그도 인물은 인물이나, 지금은 상대가 제법 크지. 그의 상관인 현 검찰총장 여종범은 은퇴가 머지않은 양반이다. 그리고 늘그막에 주책없게도 정치에 욕심이 생겼지. 최근 들어 어울려 다니는 최갑철 의원은 이젠 죽고 없는 박상대의 비리가 드러나길 원치 않으니, 적당한 선에서 사건을 마무리했으면 하는 눈치란다. 그래서 이번엔 경고 삼아 김보성 검사를 지방으로 발령 보낼 계획이고."

명불허전이라고 할지, 곽철용은 내가 알지 못하는 정보를 아무렇지도 않게 술술 털어놓았다.

"김보성 검사님을요?"

"그래. 대놓고 말하지는 않겠지만 사실상 좌천이지. 여 총장의 은퇴와 더불어 인사 개편 때가 머지않기도 하고, 검사란 직업군은 그때마다 이리저리 옮겨 다니는 게 일이니까. 만약 시일이 조금만 더 지체되었더라면 김보성 검사는 꼼짝없이 후배에게 사건을 이관해야 했을 것이고, 김보성으로부터 본보기를 본 후배는 그대로 사건을 종결지을 것이야. 뭐, 사실 이대로도 종결지어도 충분하지. 이미 용의자도 있고, 그 용의자는 입이 무거운 데다가 피해자도 이젠 존재하지 않으니까, 미결 사건이란 오욕을 뒤집어쓸 일도 없을 것이니라."

곽철용이 비릿한 미소를 지었다.

"뭐, 그것도 오늘 들어온 이야기를 들어 보니, 그렇게 되지도 않은 모양이지만."

"······."

"그래도 다 된 밥에 재를 뿌리려면 얼마든지 뿌릴 수 있는 게 그 바닥 일이란다. 요즘은 검찰의 힘이 세졌다곤 하나, 그 일방적인 인사 변경에 힘을 써 주는 것 정도는 가능하지."

곽철용의 어조는 담담했지만, 어딘지 스케일이 남달랐다.

"어느 늙은이나 은퇴는 아름답게 마무리 지었으면 하는 바람을 안기 마련이지만, 명예에 관심이 많은 여 총장은 특히 그럴 것이야. 우리가 가진 몇 가지 방식 중 한 가지만 사용해도 여 총장은 어떤 게 자신에게 좋을지 잘 알겠지. 그도 똑똑한 사람이니까."

"······."

아무리 은퇴가 머지않은 사람이라고 해도, 명색이 검찰총장이다.

곽철용이 말하는 '방식'은 알 수 없었지만, 그런 인물을 건드리는 건 암만 '이미 한 번 죽었던' 나라고 해도 질리기 마련이다.

나는 그의 시선을 의식하며 사양을 표했다.

"아, 아뇨. 마음만 감사히 받겠습니다."

"······그래?"

곽철용이 미소를 슬쩍 거두었다.

그 표정으로 보아, '내가 검찰 놈들보다 약해 보이나?' 하는, 노인네 특유의 옹졸한 자존심이 발동한 듯했다.

이번 정권 들어서 검찰의 힘이 강해지고 상대적으로 안기부의 권한이 축소되었다는 건 공공연한 비밀이었으니, 이번 기회에 누가 더 우위에 있는지 경고장이라도 날릴 셈이었으리라.

나를 구실로 삼았지만, 저거, 분명 사심이 깃든 거다.

틀림없어.

나는 곽철용이 언짢아하지 않도록 얼른 말을 이었다.

"그게, 김보성 검사님이라면 충분히 남은 시간 안에 사건을 마무리 지을 거라고 생각해서요."

"……흐음."

"그러니 저로서는 이런 귀중한 기회를 불필요한 것에 낭비할 생각이 없을 뿐입니다."

그제야 곽철용의 얼굴에 다시금 미소가 돌아왔다.

"하긴, 그것도 그렇겠구나.

약간의 아부를 섞었지만, 실제로도 내겐 아쉬울 게 없는 일이다.

설령 곽철용의 말처럼 중간에 외압이 들어와 수사가 흐지부지되더라도, 이미 조광 쪽에서 챙길 만한 건 다 챙겨 두었다.

당초의 표적이었던 조세광은 오늘 경찰에 구속되었고, 그가 아무리 용을 써 봐야 살인이란 중범죄를 저질렀으니 최소한 몇 년은 감옥에서 푹 썩을 것이다.

그뿐이랴, 조세광이 처한 입장도 곤궁하기는 마찬가지이

니, 그도 전생에 비하면 날개가 꺾인 것이나 진배없다.

'여기에 조세화가 물려받게 될 유산까지 더해지면, 조광은 쪼개질 거야. 조세광이 출소 후엔 이미 힘과 명분을 잃은 상태일 테지.'

그렇다고는 하나, 김보성의 지방 발령과 관련한 정보는 제법 흥미로웠다.

'사실, 생각해 보면 전생의 김보성도 한동안 지방을 전전했으니 설령 이번 일이 아니었더라도 이미 확정 요소야. 총장은 그럴듯한 구실만 잡은 것뿐이고.'

더군다나 어차피 김보성은 추후 검찰총장이 될 인물이니, 내버려 두어도 쑥쑥 커 갈 인물이다.

'여기서 그에게 은혜를 입히는 것도 나쁘지는 않겠지만…… 김보성도 그런 식의 배려는 좋아하지 않을 터.'

오히려 그 시기, 그가 부초처럼 떠돌아다녔단 것이 나중에는 그의 큰 자산이 된다.

'지방을 전전하며, 아무런 연줄도 없어 보이는 김보성을 쥐락펴락할 수 있으리라 생각한 법무부장관의 실책이었지.'

뭐, 그건 나중 일이고.

게다가 안기부의 줄을 너무 의지하는 것도 하책이다.

그들에게 힘이 있는 건 분명하지만, 그건 양날의 검이다.

'그러면서 내 약점을 쥘 궁리를 하는 거야.'

비록 지금은 호의적일지 모르나, 그것도 곽철용 개인의 호의였다.

장래를 생각하면 부탁에도 선을 넘지 않는 것이 중요했다.

'그렇다고 이번 기회를 발로 차 버리는 것도 아깝고…….
이참에 보험이나 하나 들어 둘까?'

나는 조심스럽게 입을 뗐다.

"모처럼 제게 기회를 주셨으니, 어르신께 한 가지 부탁을
드리고자 합니다."

"그래? 무엇이냐."

나는 빙그레 웃는 곽철용을 보며 말을 이었다.

"조성광 회장의 유전자 샘플을 보관해 주실 수 있겠습니
까?"

"……으응?"

내 부탁이 어지간히도 의외였던지, 곽철용은 그 얼굴에 가
면처럼 드리운 평정을 깨트려 가며 놀라워했다.

"조성광 회장이라면, 지금 오늘내일하고 있는 조광의 그
영감 말이냐?"

나는 고개를 끄덕였다.

"예. 어르신께서 힘을 써 주셨으면 합니다."

"……."

곽철용은 잠시 동안 침묵을 이어 가다가 고개를 얕게 끄덕
였다.

"그 정도야 어렵지 않다."

가능하긴 한 거로군.

곽철용이 미심쩍다는 듯 내게 물었다.

"다만…… 내 여간해서는 연유를 묻지 않는 것이 습관이 되어 굳어 있다만, 이번만큼은 호기심이 이는구나. 그래, 그 늙은이의 유전자 샘플을 얻어다가 무엇에 쓰려는고?"

그 물음에 나는 '조성광의 복제인간을 만들고자 합니다' 하고 농담을 던져 보고 싶었지만, 참았다.

"항간에 들리는 소문입니다만."

나는 목소리를 살짝 낮춰 말을 이었다.

"조세광 회장은 평소 손녀를 유독 사랑스러워했다더군요."

내 대답에 곽철용은 입가에 미소를 걸었다.

4장

시간을 조금 앞으로 당겨서.

강하윤과 카페에서 헤어진 직후, 석동출은 곧장 Y서로 향했다.

감찰이 다녀가서일까, 재방문한 Y서는 초상집 분위기였다.

아니, 초상집은 화투 패라도 돌리지 이곳은 그조차도 아닌 느낌이었다.

"아, 선배님."

강력반에서 동떨어진 자료보관실 앞.

후배 형사가 눈치를 살피며 석동출을 반겼다.

"오셨습니까."

"음."

"말씀하신 자료는 모두 모아 두고 있었습니다. 생각보다 자료가 많았습니다."

"수고했어. 그보다…… 어때?"

석동출의 말에 후배는 쓴웃음을 지으며 어깨를 움츠렸다.

"영 아닙니다. 다들 외근을 가거나 하셔서 사무실도 텅텅 비었고 말입니다."

"……그렇군."

둘은 어색한 분위기로 대화를 마무리 지으며 자료보관실로 향했다.

"여기, 제가 추려 둔 것들입니다. 박상대나 구봉팔 관련한 건 이것저것 닥치는 대로 죄다 긁어모았습니다."

"……."

후배는 의기양양하게 말했지만 이것저것 닥치는 대로 긁어모았다는 말마따나, 관련 자료는 어마 무시했다.

'엄청나게도 모아 뒀군.'

심지어 개중에는 누렇게 색이 바랜, 타이프라이터로 기록한 옛 자료까지 첨부되어 있을 정로로.

거기엔 수사 초기에 부탁만 해 두고 발길이 뜸해 케어를 해 주지 못한 자신의 불찰도 있었으니, 석동출은 마지못해 후배의 어깨만 두드려 주었다.

"그러면 이만 들어가 봐. 전화받는 사람은 있어야 할 거 아니야?"

"아, 옙. 그러면 수고하십쇼."

후배는 이제 자료 지옥에서 해방되었다는 안도감과 그 어색한 자리로 돌아가야 한다는 착잡함이 뒤섞인 얼굴로 자료 보관실을 떠났다.

'일하자, 일.'

싱숭생숭한 기분을 떨치는 데에는 다른 일에 집중하는 것만한 것도 없다.

'살피는 데만 한세월이겠는데.'

석동출은 쓴웃음을 지었다.

'열정이 넘치는 건 좋지만, 이래서야…….'

석동출은 속으로 투덜거리며 하나하나 자료를 살피기 시작했다.

'…….'

한참 동안 시간을 들였지만, 성과는 미진했다.

'……돌겠네.'

석동출이 살펴본 바, 애당초 서로 안면이나 있는지가 의문일 지경으로 박상대와 구봉팔의 유착은 거의 없다시피 했다.

오히려 조설훈과 유착이 있다면 더 있는 정도였는데, 개중엔 박상대가 서울시장 비서직을 역임하던 때 어느 시민 단체 발족식 자리에서 테이프 커팅을 함께하는 사진도 보였다.

'구봉팔은 역시 총알받이에 불과한 건가.'

석동출은 속으로 중얼거리며 다른 서류를 살폈다.

'그나마 꼽자면, 한때 같은 동네에서 살았단 기록 정도 군.'

석동출은 혀를 차며 서류 페이지를 넘기다가, 구봉팔의 인적 사항이 기록된 내용을 살피며 멈칫했다.

'……이거, 오히려 둘은 원수지간이라고 봐도 될 정도 같은데?'

기록에 의하면 구봉팔은 D구 보육 시설에 있던 당시, 박상대의 부친인 박영효에게 상해를 입혔을 뿐만 아니라 방화로 재산상의 손실을 가하기까지 했다.

그로 인해 구봉팔은 소년교도소에 수감되었고, 그 길로 D구를 떠나야 했다.

'그러면 구봉팔은 어째서 박영효를 공격한 거지? 강도 목적? 그렇다면 불은 왜 지른 거야?'

거기에는 따로 붙인 기록이 있었다.

과거의 신문을 복사해 스크랩한 기록이었다.

'백설희?'

요즘(96년)은 조금 덜한 추세이지만 불과 몇 년 전만 하더라도 백 모 또는 영어 이니셜로 피해자며 가해자를 감추는 대신, 지면에 그들의 이름을 버젓이 기록하곤 했다.

'시대하곤…….'

비록 신문은 '공사장 안전 실태 고발'을 그 기치로 삼으며 백설희의 때 이른 실족사를 애도하고 있었으나, 마침 현장은 박영효 소유의 부지였다.

또한 공교롭게도 동시기, 백설희는 구봉팔과 같은 보육 시설에서 지냈다는 것도 어렵지 않게 유추 가능했다.

'그렇다면 혹시, 복수일까.'

만일 그렇다고 한다면, 구봉팔이 박영효를 공격한 동기 측면은 설명이 되었다.

동시에 그럴수록 박상대와 구봉팔이 '유착'을 했으리란 추측은 더욱더 엇나간다.

'제아무리 이익을 위해선 사적인 감정을 묵혀 두는 시대라고 하나 아버지를 공격해 상해를 입혔던 상대와 손을 잡는다니, 나는 상상조차 할 수 없군.'

그리고 시공 업체는 조광의 자회사 중 한 곳이라는 기록.

'조성광 회장이 활동할 당시야. 만약 이때부터 둘이 관계가 있었다면 조광과 박영효 사이의 유착은 오래되었단 것이 되겠고, 그 관계상은 조설훈이며 박상대까지 대를 이어 내려온 거야.'

파고들수록 조광 그룹과 박상대의 유착 의혹만 짙어 갈 뿐이었다.

'구봉팔은 소년교도소를 출소한 직후 행적이 모호해. 다만 그 뒤를 생각해 보면 조광에 들어간 건 분명한데…… 구봉팔이 조성광의 오른팔임을 감안하면, 이때부터 구봉팔을 눈여

겨보고 그를 키운 건가?'

거래 상대를 박살 낸 소년을 거둬들여서 키운다니 그건 그 것대로 무척 이상한 일이어서, 석동출은 이게 조성광 회장의 유명한 변덕인가 하고 생각했다.

'어쨌건 조성광이 일찍이 구봉팔의 존재를 의식했단 가능 성은 고려해 볼 필요가 있어.'

석동출은 자료에 포스트잇을 붙여 사건을 끼적였다.

'일단 차치하고 여기서부턴 구봉팔이 있었던 정화물산 쪽 을 파고들어 봐야겠군. 마찬가지로 새마음 어쩌고 하는 복지 재단까지. 만약 자금이 흘러들어 갔다면 그쪽이 유력해.'

그러다 보면 박상대의 재산, 그리고 거기서 추정할 수 있 는 목록도 늘어 갈 것이다.

그런 식으로 자료를 하나하나 살피다 보니 끼니까지 걸렸 고, '문을 안 잠그고 갔나' 하며 자료보관실로 돌아온 후배가 '아직 계셨습니까?' 하고 깜짝 놀랄 때까지 조사가 이어졌다.

추리고 추렸음에도 불구하고 서류는 박스 하나를 가득 채 웠다.

바깥은 이미 해가 져 있었고, 석동출은 침침한 눈을 부비 며 차에 올라탔다.

'당초엔 박상대의 재산 목록 정도만 추려 볼 생각이었는 데, 나도 모르게 시간을 쓰고 말았군.'

하지만 여러 가지 의외의 사실을 건진 건, 제법 괜찮은 성과라고 자부할 수 있었다.

석동출은 조수석에 놓인 박스를 보며 씩 웃은 뒤 시동을
걸었다.

광수대는 몹시도 부산스러웠다.

거기엔 얼마 전까지만 해도 축 늘어져 있던 조직이라고는
생각하기 힘들 만큼 묘한 열기마저 띠고 있었다.

광수대는 조세광을 체포하는 것과 동시에 H지구대에 수
감되어 있는 조세광의 관계자들을 이송하려 움직였다.

Y서에서 박상대와 관계된 서류를 챙겨 복귀 중이던 석동
출은 자신을 스쳐 복도를 뛰어가는 경찰들을 물끄러미 바라
보다가 성큼, 발걸음 속도를 높였다.

'……무슨 일이지?'

석동출은 이윽고 사무실에 도착했지만, 거의 모든 인원이
출동하고 없는지 사무실은 한 사람만을 제외하곤 아무도 없
이 텅 비어 있었다.

"아, 석동출 형사님."

자리를 지키고 있던 강하윤이 벌떡 일어섰다.

석동출은 인사를 받는 대신 텅 비어 있는 배성준의 자리를
힐끗 살피며 입을 뗐다.

"다들 어디 가셨습니까?"

"그게……."

강하윤은 잠시 망설이더니 우물쭈물 대답했다.

"……검사님 권한으로 현재 광수대 전체에 긴급 소집이 떨어졌습니다."

그 말에 석동출은 멈칫했다.

'광수대 전체에 긴급 소집? ……이쪽은 아무런 연락도 못받았는데.'

물론 외부에서 보면 감찰이 한창인 Y서의 입장을 배려한 것이라고 볼 수 있겠지만, 석동출의 생각은 달랐다.

'의도적으로 Y서 출신을 배제하고 있군.'

그 생각은 광수대로 오기 전까지만 해도 썩 나쁘지 않던 석동출의 기분을 완전히 망치고 말았다.

강하윤은 딱딱하게 굳어 가는 석동출의 얼굴을 물끄러미 바라보다가 입을 뗐다.

"석동출 형사님."

"뭡니까."

"제 자리로 와 주시겠습니까?"

"……."

석동출은 짧은 침묵 끝에 고개를 끄덕였다.

"그러죠. 마침 전해 드릴 자료도 가지고 왔으니까 말입니다."

강하윤의 책상으로 간 석동출은 서류가 가득 담긴 박스를 쿵 하고 내려놓았다.

"요청하신 자료입니다. 살펴보시고 더 필요한 일이 있다면 말씀해 주십시오."

"……."

그 방대한 자료를 보며 강하윤은 잠시 '이 사람, 나한테 악감정이 있나' 하고 생각할 정도였지만, 이내 생각을 고쳤다.

지금은 그보다 우선해야 할 게 있단 생각이었다.

"석동출 형사님."

강하윤은 서류에 눈길도 주지 않은 채, 자리에 앉더니, 의자를 끌어와 자신의 곁에 놓았다.

"잠시 앉아 보시겠습니까."

"……선 채로 듣죠."

"알겠습니다."

강하윤은 한숨을 내쉬곤 차분한 어조로 말을 이었다.

"석 형사님께서는 어째서 긴급 소집이 떨어졌는지는 묻지 않으시는군요."

"……무슨 이유입니까?"

마지못해 물은 석동출에게 강하윤이 또박또박 사유를 밝혔다.

"조세광에게 박길태 살해 혐의가 적용되었습니다."

그녀의 대답을 들은 석동출이 멈칫했다.

"······조세광이요?"

"예. 목격자인 지동훈이 강압에 따른 위증을 인정했습니다. 현장에는 조세광과 다른 목격자들도 함께했다고 말하더군요."

"······."

잠시, 석동출의 머릿속이 텅 비었다.

그보다도.

"잠깐, 조세광에 관한 조사는 이미 끝나지 않았습니까?"

석동출은 헛웃음이 터지려는 걸 참으며 말을 이었다.

"당시 지동훈을 대질했던 것이 접니다. 지동훈은 그때 이미 조세광의 존재를 언급했고요. 그런데 왜 이제 와서 새삼 조세광을······."

석동출이 흐린 말끝을 강하윤은 사무적인 어조로 잡아챘다.

"······해당 보고는 누락되었습니다."

"······예?"

"조세광에 대한 자료 자체, 그러니까 석 형사님의 1차 신문 기록은 상부에 전달되지 않고 누락되었단 의미입니다."

"······."

"광수대가 조세광을 용의 선상에 올리지 않은 건, 이후 지동훈의 묵비권과 변호사에 의해 사건이 김수영과 박길태 개인 간의 문제로 치환되었기 때문이었습니다. 그 과정에 석 형사님의 대질 기록은 참조되지 않았고요."

석동출이 주먹을 꾹 쥐었다.

"그럴 리 없습니다. 저는 분명 배 형사님께 제대로 보고했고, 이를 이관…… 아."

무언가를 깨달은 석동출이 한 걸음, 뒤로 물러섰다.

"설마, 지금, 배 형사님이 실수라도 하셨단…… 말씀입니까?"

그걸 '실수'라고 생각하고 있다니.

강하윤은 석동출이 처한 입장을 배려하는 듯한 기색으로 조심스레 말을 받았다.

"실수였는지 의도적이었는지는 현재 감찰을 통해 수사 중인 사안입니다."

"……하."

결국 석동출의 입에서 헛웃음이 터져 나왔다.

"무언가 착오가 있으신 거겠죠. 어떻게, 사람이 실수 한 번 한 것 가지고 그렇게 나올 수 있습니까? 강 형사님 말씀은, 그게 아니면 저희 선배님이……."

"……."

"……조광과…… 내통을 하기라도……."

석동출은 강하윤의 흔들림 없는 맑은 눈동자를 보며 입을 꾹 다물었다.

우선은 현실을 인정하고 싶지 않았다. 그다음 찾아든 감정은 배성준을 향한 배신감과 실망, 그리고 그걸 자신에게 전달한 강하윤을 향한 원망…….

석동출은 순간적으로 눈앞의 상대에게 화가 치밀어 올랐던 자신을 자각하곤, 얼른 뒷걸음질을 쳤다.

그러잖아도, 그는 그 누구보다도 이번 일을 궁리하고 있었기에 강하윤의 말이 사실에 부합한다는 걸, 알 수 있었다.

지금은 그걸 인정하고 싶지 않은 것뿐, 모든 것이 사리에 맞았다.

"……배, 배성준 형사는."

그러지 않으려고 했지만, 저도 모르게 목소리가 떨렸다.

"지금, 어디 있습니까?"

강하윤이 고개를 저었다.

"저도 모르겠습니다. 오늘은 복귀를 하지 않으신 걸로만……."

"……."

석동출은 한동안 침묵을 이어 가다가, 작별의 인사도 없이 획, 몸을 돌려 사무실을 나가 버렸다.

강하윤은 그런 석동출의 뒷모습을 지켜보다가 한숨을 내쉬었다.

'말해도 되었던 걸까.'

언젠간 그도 알게 될 사실이었다고는 해도, 잔혹한 진실을 전달한 방식이 적절했는가에 대해선 그녀 스스로도 후회가 남았다.

텅 빈 사무실에는 석동출이 남기고 간 서류 상자만 덩그러니 놓여 있을 뿐이었다.

똑똑.

검사실 문을 두드리는 노크 소리에 서류를 들여다보고 있던 방승혁이 고개를 들었다.

"예."

벌써 조세광을 체포해 복귀했는가 싶었더니, 예상과는 달리 그동안 사무실에 얼씬도 하지 않던 인물이 대답과 동시에 벌컥 문을 열었다.

'그러니까, Y서의 석동출 형사였나.'

방승혁이 생각하는 사이, 석동출은 꾸벅, 묵례만 하곤 그대로 김보성의 개인 사무실로 발걸음을 옮기기 시작했다.

그제야 방승혁은 얼른 석동출의 앞길을 막아섰다.

"무슨 일이십니까?"

"……안에 검사님 계시죠? 잠시 실례하겠습니다."

방승혁이 문고리에 손을 얹으려는 석동출을 슥 막아섰다.

"약속은 하셨습니까?"

"……비켜 주십시오."

석동출은 물러나지 않고 방승혁을 매섭게 노려보았다.

아마도 이번 긴급 소집 때 Y서 인원을 배제한 것에 불만을 품고 달려온 듯하다고, 방승혁은 생각했다.

'이거참, 그런 일이 있다 보니 Y서 쪽은 조금 불편한데.'

방승혁이 보란 듯 인상을 딱딱하게 굳혔다.

"일단 용건을 말씀해 주십시오."

"⋯⋯수사관이 상관할 바가 아닙니다."

그 말에 방승혁이 눈썹을 씰룩였다.

'이거, 쉽게 넘어가질 않겠군.'

고래 싸움에 새우 등 터진다고, 검사와 경찰의 수사권 대립은 이따금 그 실무진까지 이어지곤 했다.

보통 평소엔 수사관이며 경찰은 사무적으로 데면데면하며 지내는 관계였으나, 상호간 의견 충돌로 대립할 일이 생기면 가장 먼저 총알받이가 되는 것이 방승혁 같은 검찰수사관의 몫이었다.

'거참. 젊은 혈기란.'

하지만 방승혁도 이 바닥에서 제법 잔뼈가 굵었다고 자부하는 몸이었다.

젊은 형사가 시비를 걸어온다고 해서 욱하고 받아치는 건 초짜들이나 하는 일이다.

방승혁은 석동출을 물끄러미 쳐다보다가 주머니에서 담뱃갑을 꺼냈다.

"Y서의 석동출 형사님이셨죠."

"……."

"제대로 인사를 해 보긴 처음이겠군요. 방승혁 계장입니다."

그러면서 담배를 한 개비 꺼내 입에 문 방승혁은 그에게 담뱃갑을 내밀었으나, 석동출은 받지 않았다.

방승혁은 담뱃갑을 도로 안주머니에 집어넣곤 칙, 불을 붙였다.

윗선에선 슬슬 실내 금연 이야기가 나오는 모양이었지만, 아직도 이따금은 실내가 자욱한 연기에 덮이는 일이 예사였다.

'우리 검사님은 좋아하지 않지만, 지금은 이게 필요하지.'

방승혁은 후우, 허공에 연기를 뿜었다.

그러면서도 그는 석동출이 선을 넘지 않게끔 견제하는 것을 잊지 않았다.

"혹시 긴급 소집 때 연락을 드리지 않은 것 때문입니까?"

"……."

방승혁의 말에 석동출은 대답하지 않았고, 방승혁은 머리를 벅벅 긁었다.

"……일단 앉아서 기다리시죠. 피차가 좋은 일 하자고 들어온 자리이니, 괜히 서로 얼굴 붉혀서 좋을 건 없지 않겠습니까."

"……."

"석동출 형사님도 이 상황에 일을 크게 만들면 곤란하실 테고요."

방승혁의 은근한 협박이 섞인 말에 석동출은 조금 냉정을 되찾았는지, 몸을 뒤로 돌렸다.

'그래, 말로 하면 되는구먼. 그래도 인간 방승혁, 성질 많이 죽었다.'

예전 같으면 멱살을 잡았거나 어깨를 밀쳐 주었을 텐데, 이게 나이가 든단 증거일까.

그때, 석동출이 몸을 뒤로 돌리더니 그대로 방승혁의 몸째로 김보성의 개인 사무실 문에 어깨를 쾅 부딪쳤다.

'……어?'

콰당!

문이 박살 나면서 방승혁은 그대로 고꾸라졌고, 통화 중 깜짝 놀라 벌떡 자리에서 일어서는 김보성이 뒤집혀 보였다.

제길.

방승혁은 바닥에 등을 부딪치기 직전, 자신 위에 올라탔다가 일어서려는 석동출의 멱살을 잡고, 그대로 배대뒤치기를 날렸다.

사실상, 반사적인 움직임이었다.

그래서 방승혁 또한 석동출을 책상으로 붕, 날려 버리곤 아차 싶었다.

'검사님!'

쾅당!

석동출이 책상 위에 쌓인 서류며 전화기, 컴퓨터 모니터 등을 날리고 쓰러트리며 그 위로 굴렀다.

취미 삼아 해 온 테니스가 도움이 되지 않았을까, 다행히도 김보성은 갑자기 날아든 물체(?)를 반사적으로 뒤로 물러서서 피할 수 있었다.

하지만 상황이 황당하긴 마찬가지였는지, 김보성은 선 채로 석동출이 책상 위로 나동그라지는 모습을 멍하니 쳐다보았다.

"……이게 무슨 일입니까, 지금."

김보성은 지금 놀란 것보다도 어처구니가 없었다.

검사 일을 해 오며 별의별 사람과 별의별 꼴을 다 봤다고 자부해 왔지만, 형사가 사무실 문을 부수고, 그 형사가 수사관의 실전 유도 기술로 붕 날아서 책상 집기를 다 부숴 먹는 일은 머리털 나고 처음 보는 일이었기 때문이었다.

아니, 아마 앞으로도 평생 볼 일 없을 광경이리라.

책상 위로 쓰러진 채 방승혁에게 제압당한 석동출은 으득, 이를 갈면서 김보성을 노려보았다.

"어째서입니까?"

"……대체 뭐가……. 아니지."

김보성은 한숨을 내쉬며 고개를 저었다.

"방 수사관 님, 일단 석동출 형사님을 풀어 주십시오."

"……괜찮겠습니까?"

"'급한 용무'가 있어서 그러셨을 뿐, 제게 위해를 가하려 오신 건 아닐 겁니다."

하긴, 제정신 박힌 놈이면 대한민국 검사한테 덤벼들 생각은 하지 않겠지.

'아니, 이미 제정신이 아닌 거 같긴 하다만.'

방승혁이 떨떠름해하며(한편으론 기술이 제대로 들어갔단 묘한 뿌듯함과 함께) 몸을 일으키자, 석동출이 인상을 찌푸리며 일어섰다.

"……."

"일단……."

김보성은 자리를 권하려다가 의자가 뒤집힌 모습을 보곤 책상에 걸터앉았다.

"……무슨 일로 방문하신 건지 말씀해 주시겠습니까?"

석동출이 선 채로 대답했다.

"어째서 Y서 인원을 제하고 긴급 소집을 하셨습니까?"

퍽 단도직입적이었다.

김보성은 방승혁이 바닥의 담배꽁초를 신고 있던 슬리퍼 바닥으로 툭툭 눌러 끄는 걸 보며 대답했다.

"Y서는 현재 감찰로 바쁘실 테니, 저로서는 배려를 했을 뿐입니다."

"그 감찰 의뢰를 넣으신 분이 하실 말씀입니까?"

"……."

냉소적으로 받아치는 석동출을 보며 김보성은 무표정한 얼굴을 했다.

무례하게 나온 상대에게 굳이 신사적인 대응을 할 필요는 없었고, 김보성도 황당함이 가라앉고 나니 이 말도 안 되는 상황에 은근히 화가 난 것이다.

그런 김보성을 보면서 방승혁은 '하긴, 이건 부처님도 화낼 일이긴 하지' 하고 생각했다.

"석 형사님껜 빙 둘러 말할 필요가 없겠군요."

"……."

"검찰 측에선 배성준 형사에게 내통 혐의를 두고 있습니다."

김보성의 담담한 말에 석동출은 눈을 크게 부릅떴다.

"그건, 무언가 착오가……!"

"아뇨."

김보성이 석동출의 말을 냉정하게 끊어 냈다.

"어젯밤 배성준 형사가 조설훈과 만나는 걸 직접 목격한 사람이 있습니다."

그 말에 방승혁이 고개를 끄덕였다.

"저와 정진건 형사, 박순길 형사가 보았습니다."

"……고작 그런 것 가지고……."

김보성이 미간을 찌푸렸다.

"고작? 석 형사님, 주요 참고인과 보고 없이 개인적인 만남을 가진 것만으로는 임무에 배재할 이유로 충분하지 않다고 보십니까?"

"……."

"물론 그뿐만이 아닙니다. 배성준 형사와 친분이 있는 석동출 형사님께 드릴 말씀은 아닙니다만, 저희는 현재 감찰 측이 조사 중인 내용, 배성준 형사가 조광으로부터 대가성 뇌물을 받아 왔단 정황을 확보해 두었습니다. 만약 화를 내야 한다면 믿던 도끼에 발등을 찍힌 제가 내야 한다고 생각하지 않으십니까?"

울컥해서 쏟아 낸 김보성은 후우, 하고 한숨을 길게 내쉬었다.

"어쨌건 이번 일은…… 징계위원회 소집을 요청하겠습니다. 일이 많은 밤이니, 용건을 마치셨으면 이만 돌아가 주십시오."

"……."

석동출은 주먹을 꾹 쥐었다.

그걸 본 방승혁은 '또 한바탕 해야 하나' 하고 근육에 긴장을 주었으나.

"……제게 맡겨 주실 수는 없겠습니까?"

석동출의 말에 방승혁은 어처구니없어하는 얼굴을 했고,

김보성은 다시 한번 미간을 찌푸렸다.

"지금 무슨 말씀을 하시는 겁니까?"

"부탁드립니다."

"……."

김보성은 눈을 감았다가 떴다.

"징계위원회 소집 때까지 자숙하고 계십시오. 또한 수사 자료는 공유하지 않겠습니다."

공식적인 뉘앙스가 묻어나는 언사였지만 석동출은 무슨 말을 하려는 건지 알아들었다는 듯 진지한 얼굴로 고개를 꾸벅 숙였다.

"……실례했습니다."

그리고 석동출은 발걸음을 돌려 박살 난 문을 넘어 사무실을 나섰다.

저 멀리 문이 닫히자마자, 김보성은 한숨을 길게 내쉬었다.

"나 참, 무슨 쌍팔년도 아니고……. 실력 있는 형사라고 보았는데, 저래서야."

김보성은 고개를 절래절래 흔들며 바닥에 몸을 숙였다.

"방 수사관님, 정리 좀 도와주시겠습니까?"

"아, 예. 물론입니다."

방승혁은 김보성을 따라 주섬주섬 집기를 챙기다가 김보성에게 슬쩍 물었다.

"그런데 검사님, 괜찮겠습니까?"

그는 석동출을 저대로 돌려보내도 괜찮겠냐는 우려를 담아 한 말이었지만.

"상관없습니다."

김보성은 딱딱하게 대답했다가, 방승혁에게까지 방금 전 태도를 이어 갈 이유는 없단 생각에 쓴웃음을 지었다.

"평가는 좋은 사람이니, 허튼짓은 하지 않을 겁니다."

솔직한 심정으로는 아무런 기대 없이, 이대로 내버려 두잔 느낌에 가까웠다.

"……예. 아, 검사님. 문 수리는 내일까지 기다리셔야 할 거 같습니다."

김보성은 바닥에 쓰러진 문을 보았다.

"그냥 내버려 두죠. 어차피 이제부턴 혼자 있을 시간도 없을 테니 말입니다."

그리고 얼마 뒤, 복귀 후 보고차 사무실을 찾은 박순길은 사무실 정경을 보자마자 '옴마야, 무슨 일이당가' 하고 황당해했다.

"환기나 하려고요."

김보성은 그렇게 말한 뒤, 방승혁을 보며 말을 이었다.

"아, 그리고 이제부터 사무실 내에선 금연입니다."

"……."

"그러면 추후 유상훈 변호사를 통해 서면으로 서류를 보내 드리겠습니다."

일이 그렇게 됐으니 독고영 회장과의 만남은 형식적인 일이 되고 말았다.

'인수는 사실상 확정된 마당이니, 사실상 이 자리는 곽철용의 주선이었던 거나 마찬가지지.'

독고영은 곽철용의 눈치를 슬쩍 살피면서 고개를 끄덕였다.

"그러도록 하시오. 그러면 저는 이만……."

독고영은 손주뻘인 내게 하오체를 써 가며 작별을 고했고, 곽철용은 빙긋 웃으며 옷걸이에서 중절모를 꺼내 썼다.

"그러면 언젠가, 또 보자꾸나."

싫은데.

잠깐 마주한 것만으로도 기가 빨려 나간 기분이라, 어지간하면 서로가 존재를 모르고 살았으면 좋겠다.

'이성진 주변 영감들은 어째 죄다 이러냐.'

그렇게 두 노인이 나가자마자, 유상훈은 휘유우, 바람 빠진 한숨을 내쉬며 의자에 털썩 주저앉았다.

"……사장님, 다음부터는 부디 서류 작업만 했으면 좋겠습니다."

"선처하죠."

유상훈은 냉수를 벌컥벌컥 들이켜곤 입가를 훔쳤다.

"그런데, 사장님. 저희 없는 자리에서 무언가 성과는 있었습니까?"

"이야기는 길고 길었지만…… 축약하자면 안기부가 힘을 빌려주기로 했습니다."

이어진 내 말을 유상훈은 흥미롭다는 듯 고개를 끄덕여 가며 경청했다.

"……과연. 좋은 소식이긴 합니다만, 공짜는 아니겠죠?"

"딱히 손해 볼 건 없습니다. 출판사 내에 독립 부서 하나만 만들어 주면 될 일이어서요."

곽철용이 제시한 조건이 마음에 들었는지 유상훈은 흐뭇하게 웃었다.

"이야, 어쨌거나 잘됐군요. 무소불위의 국가권력이 한 팀이 되어 준다니…… 아차차."

유상훈은 씩 웃었다가 눈을 껌뻑이며 주위를 휘휘 둘러보았다.

"어쩌면 지금 대화도 왠지 도청 중인 건 아닐지 모르겠습니다."

그 농담에 나는 픽 웃었다.

"혹시 모르니 뒷담화는 자제하죠."

"하핫, 그러게 말입니다. 어쩌면 저희 집 숟가락 개수까지 알고 있을지도 모를 곳이고요."

그걸 알아서 뭐 해.

"……음. 사장님, 핸드폰도 도청되는 건 아니겠죠?"

나는 태연하게 말을 받았다.

"그건 걱정하지 않으셔도 됩니다. 퀄컴의 CDMA는 원래 군사용 기술이 근본이거든요."

"흐으음, 저는 문과라서 잘은 모르겠지만, 사장님 말씀이 그렇다니 다행이군요."

아직은 괜찮다.

오히려 스마트폰의 시대가 오고부터 더 많은 정보가 새어 나갈 지경이니까.

'그러고 보면, 곽철용은 어디서 이런저런 정보를 얻고 있는 거지?'

21세기가 머지않았다지만, 지금 대한민국은 아직 아날로그 시대에 가까웠다.

'즉, 어디선가 아날로그적으로 정보가 샌다고 봐야겠지……. 지금은 얼추 짐작이 가지만.'

동시에 회사 내부에 귀 하나가 생기는 꼴이니, 혹시 모를 일도 대비는 해야 했다.

유상훈도 겉으론 긍정적인 반응을 보이고 있었지만, 그 역시도 마냥 우리에게 유리하게만 흘러간 계약은 아니란 걸 잘 아는 눈치고.

나는 생각한 내용을 내색하지 않으며 입을 뗐다.

"아, 그리고 조세광이 체포되었답니다."

내 말에 유상훈이 눈을 껌뻑였다.

"……정말입니까?"

"그럼요."

나는 고개를 끄덕였다.

"내일 아침이면 온 국민이 다 알게 될 일인데, 거짓말을 하진 않을 겁니다."

나는 대수롭지 않은 척 말을 하면서 유상훈이 따라 준 냉수를 한 모금 마셨다.

'다른 건 몰라도 광수대나 조광에겐 동지섣달보다 긴긴 밤이 되겠군.'

5장

정진건과 박순길의 복귀에 서류를 들여다보던 강하윤이 자리에서 벌떡 일어섰다.

"아, 선배님, 박 형사님. 다녀오셨습니까."

"음."

고개를 끄덕이는 정진건 곁의 박순길은 어깨를 으쓱였다.

"것도 조금 있다가 또 나가 봐야 하지만 말이요."

오늘 밤은 조세광을 체포했다고 끝날 하루가 아니었다.

그들은 잠시 후 H지구대에서 '고성방가 및 소음'으로 체포된 12인을 취조해야 했고, 그들 각자에게 변호사가 달라붙기 전 털어 낼 수 있는 건 다 털어 내야 했다.

지금은 그 긴 밤을 대비해 짧은 공백 중 막간의 휴식을 취하러 잠시 돌아온 것뿐이었다.

"새벽닭이 울기 전에는 몇 놈쯤 무슨 일이 있었는지 불어 줄 거라 봐야지 않겠소잉……. 뭐, 그게 아니더라도 지동훈 이 정도만 입을 열어 부러도 되지만."

강하윤은 미소를 지으며 미리 준비한 박카스 한 통을 꺼내 두 사람에게 한 병씩 나눠 주었다.

"고생하셨습니다. 변변치는 않지만 이거라도……."

박순길이 씩 웃으며 병뚜껑을 땄다.

"오, 땡큐. 우덜 챙겨 주는 사람은 강 형사밖에 읍당께. 좋 은 아내가 될 거여."

박순길의 너스레에 강하윤은 쓴웃음을 지었다.

"아닙니다. 그보다 박 형사님, 이번에도 크게 활약하셨다 고 들었습니다. 지동훈을 설득했을 뿐만 아니라 사건 당시 현장 관계자들을 일망타진하는 데에도 큰 도움을 주셨다 고……."

확실히, 조세광을 체포한 데에는 '이번에도' 박순길의 공 로가 지대했다.

그뿐이랴, 그는 지동훈을 데려온 것에 그치지 않고, 내부 에 '경찰의 쁘락치'까지 한 명 만들어 두었을 정도였다.

그 과정이 조금(?) 떳떳하지는 않았지만, 그걸 알 턱이 없 는 강하윤이 반짝반짝 빛나는 눈으로 존경의 시선을 보내 오 자 박순길은 괜스레 헛기침이 마려웠다.

"뭐어……. 당연히 해야 하는 일잉께. 그보다는."

박순길은 화제를 돌릴 겸 강하윤의 책상 위에 그득 쌓인 서류를 힐끗 쳐다보았다.

"근디 강 형사, 웬 서류가 그리 많소? 일이 엄청시리 밀린 모양이구마잉. 아따, 제때 좀 하지 그랬소."

지금 건 일이 밀린 게 아니라, 사서 하는 고생이지만.

"아닙니다. 그런 게 아니라……."

강하윤은 아, 맞다 하고 혼잣말을 중얼거리곤 진지한 얼굴로 정진건을 보았다.

"저, 선배님. 검사님께선 지금 혹시 조세광을 취조하고 계십니까?"

그사이 박카스 한 병을 비워 낸 정진건이 고개를 끄덕였다.

아마, 조세광은 묵비권을 행사할 것이다. 하지만 자체가 절차상 필요한 일이었고, 검찰의 질문에 묵비권을 행사했다는 것은 추후 법정 기록에 남을 일이기도 했다.

그러니 지금쯤 김보성은 조세광을 상대로 줄줄, 벽을 마주하듯 대답 없는 질문을 사무적으로 읊어 대고 있으리라.

정진건이 빈 박카스병을 자신의 자리에 툭 내려놓았다.

오늘 밤, 저게 몇 병까지 자신의 자리를 채우게 될까.

"그래. 혹시 검사님께 보고드릴 건이라도 있나?"

"예."

안부나 물으려 했거니 가볍게 되물었는데, 의외의 답이 나왔다.

강하윤이 책상에 쌓인 서류를 손으로 짚으며 말을 이었다.

"오시기 얼마 전, 석동출 형사가 박상대와 관련한 자료를 주고 갔는데, 여기서 몇 가지 의논을 드렸으면 하는 것이 있었습니다."

그 말에 박순길이 어리둥절해하는 얼굴로 강하윤을 보았다.

"박상대?"

"아, 박 형사님은 아직 못 들으셨군요."

정진건이 대신해서 말을 받았다.

"오늘 박강선 군에게 변호사가 선임되었습니다."

"……박강선이라면 거시기, 박상대의 사생아 말요?"

"예. 슬슬 박강선 군이 받을 유산 문제를 해결해야 할 때여서 말입니다."

"흐미, 시방 날파리가 꼬여 부렀나 보네. 일복이 터졌소."

박순길이 혀를 끌끌 찼다.

"허긴, 박상대가 가진 돈이 오죽 허벌나부려. 외가 쪽에서도 쪼까 욕심이 날 텡께……. 그라믄 저게 다 박상대 관련 자료란 말이요잉? 아따, 많기도 허라."

박순길의 말마따나 오랫동안 조광이며 박상대를 수사해온 Y서답게 수집한 자료가 방대했다.

박순길이 씩 웃었다.

"허긴, 조세광이는 박길태 사건의 용의자지, 첫 단추를 뀄
건 박상대 아니어라? 결국엔 조설훈이도 조싸 뿌려야 항께,
짝짜꿍이던 박상대 조사는 필히 따라와 부러야 안 허요. 이
거 좋은 구실을 잡았소."

박순길은 개중 가장 위에 놓인 서류를 집어 들고 휘휘 들
췄다.

"오매, 뭔가 끼적이기도 했구마잉. 추리고 추린 게 이거지
라?"

"그런 거 같습니다."

곁에 선 정진건도 곁눈질로 보니, 일 처리가 꼼꼼한 것이
제법이었다.

한편으로는 이 자료가 배성준을 통했다면 모조리 폐기되
었으리란 생각에 미치자 다행이라는 생각이 들면서도 괜스
레 기분이 씁쓸해졌다.

"의외로 석동출 형사가 실력은 있는 양반이었던갑소. 그
런 양반이 우짜다가……."

쯔쯔, 혀를 차는 박순길을 보며 강하윤이 조심스레 물었
다.

"저, 석동출 형사에게 무언가 불미스러운 일이라도 있었
습니까?"

그러잖아도 강하윤은 배성준의 비리를 듣고 큰 충격을 받

았던 석동출이 염려되는 차였다.

"응? 아, 뭐어…….."

아차 싶어 얼버무리려는 박순길이 눈치를 살피자, 정진건이 입을 뗐다.

"석 형사는 방금 전 검사님을 찾아가 난동을 부렸다."

"……예?"

눈을 동그랗게 뜬 강하윤을 상대로 정진건은 담담하게 말을 이었다.

"방승혁 계장님에게 폭행을 가했을 뿐만 아니라 사무실 집기도 부숴 버렸지."

"……."

석동출이 그렇게까지 할 줄이야 꿈에도 몰랐던 강하윤은 여전히 멍한 얼굴이었다.

"강 형사가 말했나?"

정진건의 말에 강하윤은 면목이 없다는 듯 고개를 푹 숙였다.

"……예. 죄송합니다."

왠지 울 것 같은 표정의 강하윤을 보며 정진건은 가벼운 한숨을 내쉬었다.

은연중 배성준을 자신의—그리고 자신의 옛 선배로—거울상에 비쳐 보던 정진건은 이번 일에 화가 나기보단 오히려 안타까운 마음이 더 컸다.

버디란 흔히들 부부에 비유를 들기도 한다.

그러다 보니 정진건은 석동출이 느꼈던 배신감을 영 이해 못 할 것도 아니었다.

'나도 예전에는 그러했고…….'

석동출은 그저 '덜 닮았을 뿐'이었다.

"……됐어. 어차피 시간문제였고, 그도 무슨 일이 있었는 지는 금방 알게 되었을 거야."

"……."

"다만 이번엔 그 말을 전달한 시기와 장소가 적절치 않았 지. 반성은 해야겠지만 지나치게 자책하지는 마라."

뒤이어 정진건은 일부러 사무적인 어투로 말을 이었다.

"그보단 거기서 검사님께 보고드릴 만한 자료가 있댔지?"

"예? 아, 옙."

강하윤은 아랫입술을 살짝 깨물었다가 조심스레 입을 뗐 다.

"……자료가 방대해 아직 전부 훑어보지는 못했습니다만, 몇 가지 수사에 도움이 될 만한 요소를 발견했습니다."

강하윤은 대답을 이으며 분홍색 포스트잇이 붙은 서류 몇 더미를 위로 올려놓았다.

"우선 조광 그룹과 박상대 사이의 유착 정황인데, 둘은 선 대부터 유착 중이었단 정황이 여럿 보였습니다. 그리고……."

달칵.

석동출은 신경질적으로 수화기를 내려놓은 뒤, 땡그렁 떨어진 잔돈을 챙기지도 않고 공중전화 부스를 빠져나왔다.

배성준에게 몇 번이나 삐삐를 쳤지만 그는 도통 연락을 받지 않았다.

'그러게 반장님 말씀대로 핸드폰 하나 장만하시지.'

석동출은 모르는 사실이지만, 배성준에겐 핸드폰이 있었다.

물론 그 핸드폰은 어디까지나 조설훈과 개인적인 연락을 취할 때만 사용하는 대포폰이었을 뿐.

집으로도 찾아가 보았지만, 배성준이 홀로 살고 있는 월세 방은 인기척 없이 텅 비어 있었다.

배성준은 아내와 사별한 뒤, 살고 있던 집을 전세로 내놓고 두 아들은 친척집에 맡겨 둔 채였다.

출퇴근 시간이 불규칙한 직업을 소화해 가며 홀로 어린아이들을 양육할 수 없었기 때문이었다.

그뿐이랴, 형사 일을 하다 보면 집에 정체 모를 전화가 걸려 오는 등 협박을 당하는 일도 왕왕 있었다.

아이들만 남겨 두고 집을 비우는 건, 배성준으로서도 마음에 걸리는 일이리라.

그렇다고 고아원에 애들을 보내는 건 주객이 전도된 일이었기에 그는 먼 친척에게 아이들의 맡기고 얼마간 양육비를 지급하는 것으로 스스로 타협을 보았다.

'그래서였나.'

누가 보더라도 출퇴근 시간이 안정적인 내근직으로 옮기는 것이 훨씬 나았을 텐데도 배성준은 자신의 위치를 고집했다.

당시엔—아버지로서는 어떨지 모르지만—형사로서 귀감이 될 모범적인 자세라고 생각했으나, 지금 와서 생각해 보니 그런 것이 아니었다.

그저, 조광을 전담하던 자리에 있어야, 그들에게 쓸모가 있을 수 있기 때문이었다.

그런 식으로, 배성준은 가족을 저버려 가면서까지 조광과 내통을 해 온 것이다.

석동출은 그런 걸 떠올릴수록 배신감에 핸들을 쥔 손이 덜덜 떨리고 액셀러레이터를 밟는 오른발에 힘이 꾹 들어가는 걸 느꼈다.

그럴 때마다 석동출은 갓길에 차를 세우고, 공중전화 부스를 찾아 배성준으로부터 들어온 전화가 없는지 확인하길 몇 차례씩 반복해 온 것이다.

석동출은 공중전화 부스 옆에 기대어 담배를 꺼냈다.

불을 붙이고, 연기를 한숨 날리고 보니 방승혁에게 당한 등 쪽 근육이 괜스레 욱신거렸다.

'……힘 하난 장사네.'

지금은 반성하고 있다.

다른 식으로 공격을 했어야 했단 게 아니라, 그저 차분히 대화를 나누면 됐단 생각이었다.

김보성은 의도적으로 수사를 하지 않은 게 아니었고, 오히려 훼방을 놓은 건 배성준 쪽이었다.

그리고 그걸 강하윤에게 잘난 듯 떠들어 댔던 걸 떠올리면, 부끄러움에 얼굴이 화끈거렸다.

'……강 형사, 나 때문에 혼나는 거 아닐까.'

머리에 피가 쏠리면 충동적이 된다는 걸 자각은 하고 있었지만.

'아버지 말씀대로, 나는 경찰이랑 안 어울리는 걸지도 모르겠군.'

김보성은 감출 것도 없이, 화를 냈다.

당연한 일이었다. 직접적인 위해를 가한 건 아니지만 수사관에게 덤벼들었을 뿐만 아니라, 기물을 박살 내기까지 했으니.

'징계위원회가 열리는 건 당연하겠지.'

이번 사건을 맡겨 달란 자신의 부탁을 들어준 것도, 꼴도 보기 싫으니 눈 밖에서 꺼지란 말을 완곡하게 표현한 것일 터.

휴대용 재떨이에 담배를 비벼 끈 석동출은 고개를 돌려 도로 표지판을 보았다.

목적지인 납골당이 머지않았다.

석동출은 배성준이 갈 만한 곳이 어딜까, 생각해 보았다.

가 볼 만한 곳은 다 가 보았고, 남은 곳은 아이들이 있다는 친척집과 교외의 납골당이었다.

'형수님이 계신댔지.'

석동출은 차에 올라타 기어를 넣었다.

이미 방문 가능한 시간이 한참이나 지난 밤이었지만, 그 정도야 경찰 배지가 있으면 어떻게든 가능했다.

언젠가 한 번, 배성준 아내의 기일이라는 말에 한사코 마다하는 그를 끌고 변덕 삼아 와 본 적이 있었다.

「선배님, 이런 날인데 땡땡이 한번 치시죠.」

배성준은 마지못해 웃었더랬다.

석동출의 머릿속엔 아직도 그날의 기억이 선연했다.

석동출은 공원관리인에게 경찰 배지를 보여 주었다.

예상대로 공원관리인은 마지못해 차단기를 열어 주면서 쓴웃음을 지었다.

"혹시 동료십니까?"

"예?"

"안에도 계시거든요. 형사님이."

잘 찾아온 듯하군.

공원관리인이 말을 이었다.

"고인의 명복을 비는 자리이니 힘든 일이 생기면 찾아오시고는 해서, 차마 말씀은 못 드리겠습니다만…… 모쪼록 설득해 모셔 갔으면 합니다."

석동출이 쓴웃음을 지으며 고개를 끄덕였다.

"알겠습니다."

"그러면 수고하십쇼."

석동출은 가볍게 고개를 끄덕인 뒤, 딱딱하게 굳은 얼굴로 차를 몰아 납골당 안쪽으로 향했다.

배성준은 석동출의 예상대로 사별한 아내의 유골함 근처에 우두커니 앉아 있었다.

"……왔냐."

적요한 납골당에 배성준의 목소리가 나직이 울렸다.

화목한 가족사진이 놓인 아내의 유골함 앞에는 생화가, 그가 쪼그려 앉은 앞에는 담배꽁초가 제법 많이 널브러져 있었다.

"……."

석동출은 분노와 착잡한 동정이 뒤섞인 눈으로 배성준을 보았다.

배성준은 피우던 담배를 마저 피우곤 연기를 뿜으며 재차 말을 이었다.

"보아하니 얼추 눈치챈 모양이군."

"……"

석동출이 주먹을 꾹 쥐었다.

"선배님이 조광과…… 더 정확하게는 조설훈과 내통 중이라고 들었습니다."

"……"

"사실입니까?"

치직.

배성준이 입에 문 담배 끝이 타들어 갔다.

"그래."

그 대답에 석동출은 멈칫했다가 그 앞으로 성큼성큼 걸어갔다.

석동출은 배성준을 내려다보았다.

"조설훈이 주는 돈이 그렇게 대단했습니까?"

"……"

"그게 동료를 속이고, 신념을 배반할 만큼 대단했습니까? 변명이라도 해 주십시오. 언제부터였습니까?"

배성준이 꽁초를 인조대리석 바닥에 비벼 껐다.

"여기서 취조할 셈이냐?"

"……크윽."

석동출이 배성준의 멱살을 잡아 쥐고 위로 들어 올렸다.

"당신은 지금……!"

이 선 넘은 건방진 행동에도 불구하고 배성준은 초점 없는 눈으로 석동출을 바라볼 뿐이었다.

그는 오늘 하루 새 부쩍 초췌해지고 늙어 보였다.

석동출은 주먹을 파르르 떨었다가 멱살을 놓으며 한숨을 푹 내쉬었다.

"……지금 이게 대체 뭡니까? 걸어 다니는 시체도 아니고."

"……."

"하필이면 납골당에서 말입니다."

석동출은 애써 농담 아닌 농담을 쥐어짜 냈지만 재미있지도 않다고, 스스로 생각했다.

"왜 그러셨습니까?"

"……."

"솔직히, 저는 선배님께선 개인 영달을 위해 그런 무리와 손을 잡는 분이 아니라고 생각하고 있습니다. 필시…… 사연이 있으리라고 생각합니다."

"……."

"그 왜, 선배님. 조광에서 받은 돈으로 전부 떡 사 드신 것도 아니지 않습니까."

석동출은 어떻게든 자신 안에 있는 배성준의 동기를 납득하고 소화하려 안간힘이었다.

하지만 배성준은 일체의 변명도 하지 않고 그저 말없이 석동출을 바라볼 뿐이었다.

석동출은 결국 표정을 딱딱하게 굳혔다.

"자수하십시오."

"……."

"자수하시고, 징계위원회 소집을 받아들이시는 겁니다. 그리고……."

"파면되겠지. 물론 그것만으로도 끝나지 않겠고."

"……."

배성준은 납골당 천장을 떠받치고 있는 기둥에 등을 기댔다.

"맞아. 나는 조설훈이 주는 돈을 받아 챙기면서 내부 정보를 흘렸어. 보고를 누락해 수사에 혼선을 주고, 조광에 이득이 되는 일을 해 왔다. 그들과는 적당한 선에서 손을 끊을 생각이었는데, 내 생각보다 때가 일렀군."

배성준이 피식 웃었다.

"이만하면 됐나?"

"……그건, 제가 아니라 감찰 앞에서 말씀하십시오."

석동출이 눈을 가늘게 떴다.

"또, 잘만 하면 사법 거래도 가능할 거고요. 역으로 말하면, 선배님은 조광의 정보를 손에 쥐고 있는 셈이기도 합니다. 김보성 검사에게는…… 솔깃한 제안이지 않겠습니까."

석동출의 말에 배성준은 쓴웃음을 지었다.

"자네는 여전하군."

"……."

"자네가 나를 어떻게 생각할지는 모르나, 나는 비리 경찰이고 그건 부정할 수 없는 사실이지. 이제 와서 나 자신을 어떻게 해 볼 생각은 없어."

"……."

"또 설령 내가 자수를 한들, 바뀌는 건 없을 거야. 김보성 검사님은 자네가 생각하는 부류의 사람이 아니니까. 석 형사는 그분을 오해하고 있지만, 그분은 사실 자네 못지않게 강직하고 정의롭지. 알량한 사법 거래에는 응하지 않을 분이고, 나 또한 그렇게까지 나 자신을 높게 평가하지는 않아."

배성준이 두 손을 내밀었다.

"이왕 이렇게 된 거, 자네 손에 체포될 것도 각오하고 있었으니까. 어쩌면 나는 그걸 기다리고 있었던 걸지도 모르겠군."

석동출이 표정을 일그러트렸다.

"……선배님은 저를 어떻게 생각하시는 겁니까? 그런 식으로 나오시면 제가……."

배성준이 빙긋 웃었다.

"이거참, 마지막으로 후배에게 고과 하나 챙겨 주려고 생각했더니."

"……."

"알았어. 자수하지."

그 말에 석동출은 반색했다가 표정을 딱딱하게 굳혔다.

"잘 생각하셨습니다."

"대신, 하루만 시간을 주게."

"……예?"

"생각을 정리할 시간이 필요해."

배성준의 시선이 납골함을 향했다.

"겸사겸사 애들 데리고 놀이공원도 가 보고. 그동안 제대로 된 아비 노릇 한 번 해 보지도 못했잖은가. 안 그래도 막내가 한번 가 보고 싶다고 했거든."

석동출이 무표정하게 배성준의 말을 받았다.

"……선배님도 아시겠지만, 이번 일은 빠르면 빠를수록 좋습니다."

석동출은 딱딱한 말씨로 말을 이었다.

"지금 조세광이 체포되었고, 조세광이 부리던 똘마니들까지 낚은 상황입니다. 게다가 주요 참고인인 지동훈이 위증 사실을 인정했으니 조세광에게 박길태 살해 혐의가 적용되는 것도 시간문제인 상황이죠."

"흐음."

배성준은 남 일처럼 그 이야기를 들었다.

"역시 유능하군. 대한민국의 미래가 밝아."

석동출은 배성준의 감상을 애써 무시하며 할 말을 마쳤다.

"……그러니 마음 같아선 지금 당장이라도 선배님을 제 차에 모시고 싶은 기분입니다."

배성준이 담담하게 말을 받았다.

"석 형사. 나는 방금 말했듯 내가 처한 입장을 잘 알고 있어. 어느 시점에 자수를 해서 상황을 면피해 보고자 할 생각은 없네."

"……"

"내가 자수를 하겠단 것도, 이 바쁜 때에 나 하나 잡자고 쓸데없는 인력 낭비를 할 필요는 없다는 의미고. 내가 저지른 죗값은 응당 받을 거야."

"……"

"그런 각오도 없이 비리를 저지르진 않았어."

이 사람은 지금, 그걸 농담이라고 하는 건가.

석동출은 이미 그와 타협 불가능한 평행선을 긋고 있다는 걸 깨닫곤 몸을 홱 돌렸다.

"……알겠습니다. 그러면 내일, 기다리고 있겠습니다."

"고맙네."

"그런 말씀은 하지 마십시오. ……아, 그리고 공원관리인이 곤란해하고 있으니 선배님도 이만 들어가시고요. 그럼."

석동출이 발걸음을 떼자, 배성준은 잠시 그 뒷모습을 물끄러미 바라보다가 툭, 입을 뗐다.

"석동출이."

우뚝 멈춰 선 석동출이 고개를 돌렸다.

"예?"

"자네는 젊고 유능한 형사야."

배성준은 나직한 어조로 말을 이었다.

"정의감이 투철하고, 의리도 있어. 하지만 때때로 생각이 너무 많은 데다가 충동적이고 다혈질적인 면모도 있다……. 그로 인해 인생에서 손해도 보고, 피곤하게 살아갈 팔자라고 생각하네."

"……"

석동출은 왠지 모르게, 그게 누군가와 마지막 작별을 때나 할 법한 소리란 생각에 미쳤다.

석동출은 배성준을 향해 억지로 웃었다.

"그런 걸 맨정신에 말씀하실 거라곤 생각 못 했습니다. 이건 좀 더 그럴듯한 자리에서 하셔야 할 말씀 아닙니까?"

배성준은 담담한 미소만 짓고 있을 뿐이었고, 석동출은 혹여 그가 극단적인 선택을 염두에 두고 있는 건 아닌지 염려하며 조심스레 말을 이었다.

"선배님은 평소 당신이 늙었다고 말씀하시지만, 제가 보기엔 한창입니다."

석동출이 힘겹게 입을 뗐다.

"애들 커 가는 것도 봐야 하지 않겠습니까."

"……물론이지."

배성준이 입가에 미소를 걸었다.

"그 애들을 위해서라면 뭐든 할 거야."

"……."

"이만 가 보게. 불러 세워서 미안했어."

석동출은 고개를 꾸벅 숙이곤 다시 발걸음을 옮겼다.

석동출이 납골당을 나가는 뒷모습을 지켜보던 배성준은 마지막 남은 담배 한 개비를 입에 물었다.

칙.

불을 붙이고, 담배를 한 모금 빨았다.

허공에 연기를 뿜은 배성준은 담배를 입에 물고 자연스럽게 청소도구함으로 향해 빗자루와 쓰레받기를 챙겼다.

쓱, 쓱싹.

그는 바닥에 버린 꽁초를 쓰레받기에 쓸어 담은 뒤, 입에 물고 있던 담배를 마저 태우곤 이를 짓밟아 끄곤 꽁초를 한데 모아 쓰레기통에 집어넣었다.

댕그렁.

"……."

잠시, 스테인레스로 된 쓰레기통을 물끄러미 바라보던 배성준은 주머니에 손을 찔러 넣곤 휘적휘적 발걸음을 옮겼다.

다음 날.

김보성은 날이 밝자마자 기자회견을 소집했다.

이미 몇몇 대형 언론사는 지난밤 조설훈의 자택에 경찰들이 들이닥쳤더란 정보를 들은 터였지만, 그 외 대부분의 기자들은 심드렁한 표정이었다.

그들에게 광수대 수사란 어디까지나 철 지난 가십거리에 지나지 않았고, 국민들은 이미 박상대를 가지고 왈가왈부 떠드는 일을 지겨워했다.

그래서 몇몇 연륜 있는 기자들은 '김보성 검사가 이번 검찰 인사 개편에 맞춰서 이름값 좀 높여 볼 심산'이라고 냉소하면서 '좋은 경험이 될 거야' 하며 후배들을 보내기까지 했다.

물론 그렇게 기자회견장을 찾은 신출내기들은 거기에 대형 언론사의 베테랑 기자들이 포진해 있는 걸 보며 '이게 아닌데' 하는 얼굴을 하고 있었지만, 이제 와서 선배 기자들을 부르기엔 이미 때가 늦은 것이다.

찰칵, 찰칵.

플래시가 터지며 간단한 세수와 면도만 급하게 마친 김보성이 기자회견장으로 들어왔다.

그는 밤샘 조사로 피곤한 기색이 역력했지만, 그럼에도 불구하고 눈빛이 형형했다.

김보성은 기자들을 향해 고개를 꾸벅 숙인 뒤, 사무적인 어조로 입을 뗐다.

"존경하는 국민 여러분."

이어지는 김보성의 말은 경악과 충격의 연속이었다.

「……지난밤, 저희는 Y구 야산에서 있었던 박길태 살해 용의로 조세광을 긴급체포하였습니다.」

누군가는 빠르게 자리를 비워 핸드폰에 무어라 떠들어 댔고, 누군가는 공중전화를 찾아 발을 동동 굴렀다.

「검경 측은 당시 현장에 있었던 다른 목격자와 그들의 증언을 확보하여 조세광이 박길태를 살해하였음을…….」

비록 박길태와 관련한 뉴스는 박상대에 묻혀 주목도가 덜한 것이었지만.

「조성광 회장의 장손 조세광은 주요 목격자인 지 씨를 협박, 위증을 강요하였으며…….」

그 용의자가 국내 대기업 중 하나로 손꼽히는 조광의 직계 피붙이였단 점은 없던 관심도 생겨나기에 족했다.

현장으로부터 연락을 받은 각 기자들은 재빨리 박길태가 어떤 식으로 살해되었고, 당시 수사가 어떻게 이루어졌는지를 찾으려 실시간으로 자료를 뒤적여 댔다.

「그 협박은 지 씨의 가족의 신변을 위협, 지 씨는 조세광의 협박에 어쩔 수 없이 위증하였음을 인정하였고…….」

수단이 마치 조폭 영화에나 나올 법한 것이었단 것에 이어서.

「또한 박상대는 조설훈 조광 사장 이사와 몇 차례 연락을 주고받았으며, 박길태의 죽음은 정순애 살해와 무관하지 않았다는 것이 현재…….」

수면 아래 가라앉았던 박상대와 관련한 의혹도 다시금 부상하기 시작했다.

가장 발 빠르게 움직인 건 이번에도 도깨비 신문이었다.

이미 조간신문을 배부한 언론사들이 이번 기자회견을 호외로 실어야 할지, 아니면 자료를 종합해야 할지를 망설이고 있을 때, 도깨비 신문 측은 인터넷 신문이라는 강점을 활용, 마치 무슨 내용이 발표될지 미리 준비하고 있었던 것처럼 속보와 제법 밀도 깊은 기사를 싣기 시작했다.

상황이 이러니 조광 그룹이라고 무사할 리 없었다.

예의 어젯밤 경찰이 영장을 들고 자택을 찾았단 정보를 손에 넣었던 대형 언론사들은 이미 조광 그룹 사옥에 진을 치고 기다리며 조설훈이 출근하기를 기다리거나, 출근하는 사원들을 붙잡고 인터뷰를 시도했다.

다 지나고 끝난 쉰 떡밥이라고 생각했던 사건은 바야흐로 김보성에 의해 펄떡펄떡 뛰는 생물 미끼가 되어 기자들을 낚아 올리기 시작한 것이다.

사옥 입구에 진을 친 기자들은 사실 여론용 보여 주기에 불과하다.

물론 그보다 더한 보여 주기가 있으니, 이는 임원들 전용 출입구였다.

기자들은 대답이 있을 리 없는 '한 말씀 해 주시죠'를 말하기 위해서 주차장에 진을 친 채 기다렸다.

중요한 건 워딩에 따른 상대의 태도이니까.

아마, 조설훈도 마음 같아선 당분간 출근하고 싶지 않았으리라.

하지만 주식회사의 임원 된 입장에 이 중요한 시국의 결근은 제 목을 쥐는 행위였다.

장남인 조세광이 체포된 건 차치하더라도, 조성광 회장이 중태에 빠진 건 그 대리인을 자처하는 입장에서 발을 뺄 수 없는 일인 것이다.

　사실, 몇몇 언론은 이미 조간신문에 조성광 회장이 중태에 빠졌단 이야기를 싣기도 했고, 그에 따라 조광 그룹의 주가도 일제히 하한가를 쳤다(심지어 그건 조성광의 장손이자 조설훈의 장남인 조세광이 살인 혐의로 구속되었다는 정보가 반영되기 전의 지표였다).

　제아무리 조성광이 무소불위의 권력을 휘두르던 회사라곤 하나, 정작 그 조성광은 이제 없다. 최근 들어선 조지훈과 화해 국면에 접어들었다곤 하나 조설훈의 카리스마는 조성광에 비할 바가 아니었고, 지금 이슈만으로도 긴급 주주총회가 열려도 무방할 지경이었다.

　그러니 조설훈은 이 상황에도 꾸역꾸역 출근을 해야만 하는 입장이다.

　이윽고 조설훈의 법인 차량이 들어오자 기자들이 우르르 몰려갔다.

　"조설훈 사장님! 광수대 측 기자회견 내용이 사실입니까?"

　"현재 아드님은 어디 계십니까?"

　"회장님의 용태는 어떤가요?"

　"박상대와 유착이 있었다는 이야기는⋯⋯."

　펑, 펑.

플래시가 터지는 가운데 조설훈은 무표정한 얼굴로 기자들의 질문 세례를 무시하며 성큼성큼 발걸음을 옮겼다.

뒤따라온 경호원은 기자들을 막느라 진땀을 흘렸고, 기자들의 소란은 조설훈이 VIP 전용 엘리베이터를 타고 올라갈 때까지 계속되었다.

쾅!

조설훈이 엘리베이터 벽을 주먹으로 세차게 쳤다.

"……빌어먹을."

악재가 겹쳐 터지는 중이었다.

불과 얼마 전까지만 하더라도, 상황은 조설훈에게 나쁘지 않았다.

동생인 조지훈과의 대립이 봉합되는 중이었고, 자신은 조성광이 남길 지분을 통해서 자연스럽게 승계를 이루면 될 일이었다.

광수대의 수사 역시도 여론의 관심이 꺼져 가는 마당에 '범인'이 명확한 상태에서 그대로 흐지부지 끝나 갈 것처럼 보였다.

하지만 그런 게 아니었다.

김보성은 포기하지 않았고, 사건을 끈질기게 물고 늘어지며 꼬리를 잡아챘다.

그뿐만이 아니었다.

어젯밤 조세화가 건넨 그건, 도청기였다.

조설훈의 부하는 밤중에 용산 상가를 뒤져 가며 재생장치를 구해 왔고, 조설훈은 녹음된 내용을 연거푸 돌려 보며 트로피 속 도청기가 설치된 시간까지 유추할 수 있었다.

이성진을 불러 조지훈과 삼자대면을 했던 그날의 기록이었다.

「아, 아. 이만하면 됐겠지.」

더군다나 재생 장치를 틀자마자 조지훈의 목소리까지.

트로피에 도청기를 숨겨 병실에 설치했던 건 명실상부 조지훈이었다는 게 증명된 것이다.

'하긴, 이성진일 리도 없겠지만.'

게다가 어느 날 밤, 김보성은 뜬금없이 자신을 불러내 공연한 시비를 걸기까지 했다.

그와 만나기 전까지만 하더라도 김보성이 꼬리를 내리고 푼돈이나 뜯어 갈 거라고 보았지만, 장소의 분위기는 화기애애한 것과 거리가 멀었다.

'설마.'

결국 조설훈은 생각하고 싶지 않은 가설을 떠올려야 했다.

김보성의 자신만만해하던 얼굴을 떠올리면, 고작 박상대와 통화 내역이 있었단 정도로 잰 체하며 나오지 않았을 것이란 데에 생각이 미치는 것이다.

'조지훈 그놈, 녹취 테이프를 빼돌린 건가?'

만약 그게 김보성의 손에 들어갔다면, 그가 강하게 나온 것도 이해 못 할 바는 아니다.

물론, 그렇다면 상황은 최악이지만.

띵.

엘리베이터에서 내리니 비서가 머리를 굽실거리며 통화 중인 모습이 보였다.

"저, 그게 사장님께선 아직 출근은…… 아, 이제 도착하셨습니다."

반색하는 비서를 보며 조설훈은 인상을 찌푸렸다.

'저년이.'

이럴 땐 자리에 없다고 하는 게 상식 아니던가.

조설훈은 하는 수 없이 물었다.

"누구야."

"아, 넵. 신진물산 광금후 대표님이십니다."

하필이면.

신진물산 광금후라면 조광의 개국공신 취급을 받는 늙은이 중 한 명으로, 조광 그룹의 지분도 적잖이 확보하고 있는 중신이었다.

'하필이면 오자마자 이 늙은이를.'

조설훈은 비서로부터 수화기를 넘겨받았다.

"예, 조설훈입니다."

―조 사장! 이게 어떻게 된 일인가?

그는 다짜고짜 따져 묻기 시작했다.

―기자회견 내용이 사실인가?

"……무언가 착오가 있는 듯합니다. 관련해서는 회사 차원에서 공식적으로 대응을 할…….."

―지금 그게 중요한 일이 아니잖은가.

그는 적잖이 화가 난 기색이었다.

―당장 임원들을 소집하게. 나도 곧 그리로 갈 테니까.

"하지만 지금은 기자들이…….."

―그까짓 기자 놈들이 중요한 게 아니라고! 아니, 오히려 기자 놈들이 모여 줘야지 뭐든 하는 모습을 보여 줄 게 아닌가. 주가 방어를 하려거든 뭔가를 보여 줄 필요가 있는 것이야.

광금후가 말을 이었다.

―그리고 뭐, 방금 회사 차원에서 공식적으로 대응한다고 했나?

"……."

―따지고 보면 이것도 어디까지나 자네 집안에서 벌어진 일이잖은가. 불미스러운 일에 왜 회사를 끌어들이려 하면 못 쓰지. 그건 공식적으로 처리할 문제가 아닐세.

저 늙은이를 가장 먼저 쳐냈어야 했다.

'두견새가 울기를 기다린 건가.'

이도 저도 아닌 구봉팔을 이사직에 앉히는 일에 그가 아무런 잡음을 내지 않았을 때 짐작해야 했다.

사실상 그는 쿠데타를 일으키려 하는 것이리라.

조설훈은 딱딱하게 굳은 얼굴로 말을 받았다.

"좋습니다. 조만간 통보하겠습니다. 그러면 이만 끊겠습니다."

조설훈은 광금후의 대답을 기다리지도 않고 전화를 끊어버렸다.

"개새끼."

조설훈의 나직한 욕설에 비서가 움찔하며 눈치를 살폈다.

남들 있는 자리에선 점잖기로 이름난 조설훈이 입에 쌍소리를 담은 건, 그가 지금 궁지에 몰렸다는 방증이기도 했으므로.

조설훈은 그런 비서에게 눈길도 주지 않고 사무적으로 입을 뗐다.

"사내, 계열사 가리지 말고 전무급 임원은 전원 긴급 소집해."

"예? 저, 그러면……."

비서의 대답을 기다리지 않고, 조설훈은 무표정한 얼굴로 사장실로 들어가 문을 걸어 잠갔다.

사장실 안쪽에서 물건 부서지는 소리가 들린 건, 그가 사장실로 들어가고 오래 지나지 않아서였다.

"후우."

기자회견을 마친 김보성은 넥타이를 느슨하게 고치며 사무실로 돌아왔다.

사무실은 쉼 없이 울리는 전화벨 소리로 시끄러웠다.

"다녀오셨습니까."

그중 손과 귀가 수화기에서 자유로운 방승혁이 김보성을 반겨 주었다.

"예. 오랜만에 기자들 앞에 섰더니 긴장되더군요."

김보성은 문이 뻥 뚫리고 말아 공간을 나누는 의미가 사라진 개인 사무실 의자에 등을 기댔다.

"보고하실 안건은요?"

"많습니다."

방승혁이 쓴웃음을 지으며 입을 뗐다.

"보고드릴 건 많지만, 우선 총장님께서 돌아오는 즉시 연락을 달라고 전화를 하셨습니다."

"……그래요?"

보나 마나 공치사를 해 주려고 전화한 건 아니겠지만, 김보성은 슬며시 새어 나오는 웃음을 막지 않았다.

총장 입장에선 아침부터 한 방 먹은 셈이다.

김보성을 지방으로 내려보내는 선에서 적당히 일을 마무

리하려 했더니, 기습적으로 기자회견을 열어 폭탄발언을 연신 쏟아 냈다.

이렇게 되면 김보성이 사건을 이관하게 되더라도 일을 허투루 처리할 수 없게 되는 것이다.

"알겠습니다. 곧 연락을 드리죠. 그 외는요?"

김보성의 대답에 방승혁도 입꼬리를 올렸다.

방승혁 역시도 그간 총장이 어떤 패악질을 놓았는지 입 밖으로 내지만 않았을 뿐, 은근히 불만이 쌓여 있었던 것이다.

"새벽에 붙은 조세광의 변호사가 적부심사를 신청할 예정이라고 합니다."

"그렇군요."

"또 조세광이 박길태를 살해한 것에 대해 증언하겠다는 참조인이 세 명 늘어났습니다."

김보성이 고개를 끄덕였다.

김보성은 간밤에 체포한 조세광의 똘마니들에게 '죄수의 딜레마'를 이용하여 대답을 이끌어 냈다.

'내가 불지 않으면 누군가는 불 것이다'는 심리적 압박이 잘 먹혀들었다.

그들은 조세광에게 지킬 의리도 없었고, 침몰하는 배를 붙잡고 있을 까닭도 없었다.

"잘됐군요."

도움을 준 건 그뿐만이 아니었다.

"예. 국과수 양상춘 박사님의 소견서 내용을 바탕으로 이 야기를 슬쩍 흘렸더니 이미 누군가가 불었다고 생각하곤 아는 대로 털어놓았습니다."

지동훈의 증언은 다소 오락가락하는 점이 있었지만, 양상춘이 쓴 소견서를 바탕으로 기억을 유도해 내자 지동훈 스스로도 놀라워하며 '맞습니다' 하고 고개를 끄덕여 댔다.

"약간씩 차이는 있지만 그건 기억의 오차 정도로 감안할 수 있는 수준으로, 증언의 여러 부분이 겹치고 있었습니다."

"흠."

이쯤하면 조세광에게 살인 혐의를 적용하는 건 따 놓은 당상이었다.

변호사 측에서는 심신미약 또는 정당방위(실제로도 범행에 사용된 총기의 주인은 박길태였으므로), 피고가 미성년자임을 주장해 형량을 줄여 보려는 전략을 수립해야 할 뿐, 사안의 무죄를 주장할 수는 없을 것이다.

"지동훈 가족의 안전은 확보했습니까?"

김보성의 말에 방승혁은 미소를 거두며 고개를 끄덕였다.

"예. 즉시 확보했습니다."

1990년, 법정에서 증언을 마치고 돌아오는 증인을 길가에서 살해한 사건이 있었다.

해당 사건은 국민 모두에게 큰 충격을 안겨다 주었으나, 가장 분노한 건 다름 아닌 검찰이었다.

사건이 벌어진 곳은 법원과 멀지 않은 곳임과 동시에 검찰청과 경찰서 근처이기도 했다.

다른 곳도 아닌 앞마당에서 당한 검경 입장에선 상당히, 아니 매우 치욕스러운 사건이기도 했다.

그 뒤 검경 측은 동원 가능한 모든 수사 인력을 총동원해 용의자들을 체포할 수 있었지만 그것도 결국 소 잃고 외양간 고치는 일이었다.

이후 검찰은 목격자 증언 확보 및 증언 이후 신변 보호에 힘을 기울이고 있었다.

'그 사건이 재현되지 않으리란 보장은 없지.'

더욱이 상대는 조광이었다. 지금은 합법 회사의 탈을 쓰고 있지만, 얼마 전까지만 하더라도 조직폭력배로 경찰의 감시망에 올라와 있던 조직이 아닌가.

이미 엎질러진 물이라 하더라도 정작 법정에서 증언을 할 수 없게 되면 재판이 힘들어질 것도 분명했고, '본보기'를 본 다른 증인들도 입을 다물고 말 여지도 충분했다.

물론 일이 벌어지고 난 뒤, 윗선은 그 책임을 김보성 자신에게 물을 준비가 되어 있으리란 것도.

"특별히 신경 써 주십시오."

"예, 검사님."

김보성은 짧게 고개를 끄덕인 뒤 재차 말을 이었다.

"아, 그리고 조설훈 사장에게 소환장은 보내셨습니까?"

"예. 보내긴 했습니다만……."

거기에 응할지는 의문이다.

하긴, 지금으로서는 박상대 비리 의혹에 대한 참고인 자격으로밖에 부를 수 없지만.

이제부터 관건은 '조설훈의 부하'가 정순애 살해 또는 사체 훼손 및 유기에 가담했는지 여부를 털어놓느냐의 문제였다.

'이제 조광이 어떻게 굴러가느냐의 문제인데.'

그때 방승혁이 머리를 긁적였다.

"저, 검사님."

"예?"

"공식적인 건 아니고…… 이건 통화 기록을 조사하다가 나온 것입니다만."

방승혁이 서류 하나를 꺼냈다.

"유상훈 변호사라는 분이 구봉팔과 연락했던 기록이 있더군요."

유상훈 변호사?

그게 누구인지는 차치하고.

"사업가가 변호사와 연락을 주고받는 게 대수로운 일은 아니죠. 무슨 문제라도 있습니까?"

"아, 예. 얼마 전에 박강선의 변호사로 선임된 것이 유상훈 변호사여서 말입니다."

"……."

"우연치고는 조금 공교롭다는 생각에."

방승혁의 보고를 들으며 잠시 생각하던 김보성은 흠, 하고 고개를 저었다.

"지금은 급한 불을 끄는 게 먼저니, 일단은 보류해 두겠습니다……. 아, 말이 나온 김에 박상대 쪽 재산 내역 조사도 이루어지고 있댔죠?"

"예. 강하윤 형사가 진행 중입니다."

"필요하다면 인력 좀 더 붙여 주십시오. '우연'이긴 하지만, 그 덕에 기소 중지가 된 박상대를 조사할 명분이 생겼으니…… 이용할 건 이용해 봐야 하지 않겠습니까."

김보성이 씩 웃었다.

"조광이 빠져나갈 틈이 없도록 하죠."

6장

'아침부터 뉴스 볼 맛이 나는걸.'

나는 자택 거실에 놓인 TV를 보면서 피식피식 터져 나오려는 웃음을 참느라 갖은 고생을 해야 했다.

'역시 내 기억 속에 있던 김보성이라고 해야 할까……. 움직임에 거침이 없군.'

TV 속의 김보성은 사무적인 어조 속에 제법 과격한 어휘를 섞어 가며 기자의 질의응답을 받았다.

「……정 씨를 향한 살해 수법과 사체를 유기한 정황은 가히 엽기적이라고 말할 수 있습니다. 검경 측은 현재 공범의 행방을 좇고 있으며, 이는 추후 수사 방침에 따라…….」

대놓고 말은 하지 않았지만 앞서 조설훈과 박상대 사이의 유착을 언급한 덕분인지, 그 워딩 속에는 정순애의 시체를 유기한 공범이 조광 측이리란 뉘앙스를 잔뜩 풍기고 있었다.

'사실, 그 외에는 떠올릴 상대도 없고.'

흥미진진해하는 나와는 별개로 곁에 앉아 있던 이희진은 뉴스 속보가 지겨운지 내 팔을 흔들며 칭얼거렸다.

"오빠, 딴 거 보면 안 돼?"

"응?"

"뽀뽀뽀 할 시간이란 말이야. 나, 성아 언니 봐야 해."

"……아, 그래. 그럴까."

어차피 다 알고 있는 내용이고, 내용상 애들 교육에도 좋지 않으니까.

광수대야 어쨌건, 오늘은 이 집안도 아침부터 제법 분주했는데, 얼마 전까지 드라마 단역으로 이름을 알렸던 한성아가 오늘부터 아동 프로그램 속 코너 한 자리를 맡게 되었던 이유에서였다.

'방학 동안만 잠깐 한댔나.'

한성아 본인은 해도 그만, 안 해도 그만이란 느낌이었는데, 윤아름이 부탁을 해 오는 통에 '언니의 부탁이라면 어쩔 수 없죠' 하고 비싼 척하면서 요구를 수락했다.

아, 참고로 윤아름은 요즘 이런저런 아동용 프로그램의 '언니'로 얼굴을 비추는 중이었다.

뭐라더라, 눈에 차는 대본이 없다던가.

실제로 내 기억에도 이 시기, 윤아름이 출연해서 이렇다 할 센세이셔널을 불러일으킬 만한 드라마는 없었다.

'더욱이 아직은 아역이고…….'

아무튼 그 바람에 한성진은 새벽부터 한성아를 깨워 씻기고 밥을 먹이는 둥 정신없이 아침을 보냈고, 이태석도 편의를 봐주어서 한 씨 가족은 한익태 씨가 운전하는 차를 타고 방송국을 향했다.

뭐, 지금은 남이지만 전생에는 혈육이었으니, 봐주긴 해야 할 터.

'……안 봤다고 하면 윤아름과 쌍으로 삐질 테고.'

내가 자연스레 리모컨을 집어 든 그때, 뒤에서 목소리가 들렸다.

"잠시만 더 보자꾸나."

언제 온 거람?

흠칫해서 뒤를 돌아보니 이휘철이 서 있었다.

"에이, 할아버지."

이희진이 입을 삐죽 내밀었다.

"오늘 성아 언니 TV에 나온단 말이에요."

이희진의 말에 이휘철은 헛기침을 했다.

"……그건 나도 알고 있다만, 처음에는 율동 같은 거 나오지 않니?"

"율동도 한댔어요."

"……."

그 철혈 이휘철도 손녀 앞에선 꼼짝 못 하는구먼.

이휘철은 허허 웃으며 내 어깨에 손을 짚었다.

"희진이가 저렇게 나오니 별수 없구나. 내 서재로 가서 보자."

혹시 어젯밤 곽철용과 만났던 걸 알고 있는 건가.

그 말에 나는 속이 뜨끔했지만, 거절할 명분이 없었다.

"아, 예. 할아버지."

나는 이희진의 '일찍 와야 해?' 하는 말을 뒤로하고 이휘철의 뒤를 따랐다.

서재로 들어간 이휘철은 자리를 잡고 앉아 TV를 틀었다.

'하긴 거실에만 TV가 있는 게 아닌데, 굳이 나를 불러낸 건 달리 이유가 있어서겠지.'

곧바로 나온 공중파 방송에서는 김보성의 질의응답이 이어지고 있었다.

「전진일보의 박대기 기자입니다. 조세광은 평소 박길태와 친분이 있는 사이였습니까?」

「현재 조사 중입니다. 다만 박길태는 평소 조성광 회장의 병실을 경호하고 있었으며, 그에 따라 용의자와 안면이 있었을지 모른다는 것이 검찰 측의 견해입니다.」

「한 가지만 더 묻겠습니다. 만약 조세광이 박길태를 살해하였다면, 동기는요?」

「용의자는 현재 묵비권을 행사 중이기에 말씀드릴 수 없습니다. 하지만 저희가 확보한 증언에 의하면 박길태는 조광 그룹 경영의 아킬레스건이 될 수 있는 자료를 가지고 있었다는 내용이 있으며, 해당 증거 자료는 저희 광역수사대 측이 확보해 둔 상태입니다.」

기자들의 웅성거리는 소리와 펑, 펑, 플래시 터지는 소리가 한데 어우러졌다.

'조설훈이 발뺌할 수 없도록 도청 카세트테이프의 존재를 여기서 은근슬쩍 암시하는군.'

한편 이휘철은 담담한 얼굴로 TV를 보다가 리모컨으로 소리를 조금 낮췄다.

"차를 한 잔 해야겠다."

"예."

나는 이휘철에게 배운 방식대로 녹차를 우렸다.

물이 끓는 사이, 이휘철은 그런 나를 물끄러미 바라보며 툭 하고 입을 뗐다.

"이제는 인터넷으로 신문을 보는 시대이니 시간에 맞춰 뉴스를 볼 중요성도 덜하게 되겠구나."

이휘철이 말을 이었다.

"이를테면 요즘 인터넷에서 화제라던 도깨비 신문이라는

것처럼."

도깨비 신문을 아는 건가?

"그러니 이제부터 사람들은 굳이 조간이며 석간의 때를 기다리지 않아도 될 것이며, 24시간 갱신되는 정보에 노출이 될 테지. 시간과 공간에서 자유롭다는 건 그런 이점이 생긴단다."

이휘철이 씩 웃었다.

"뭐, 아직은 컴퓨터 앞에 앉아야 하니 공간에서는 온전히 자유로울 수 없지만…… 혹시 모르지. 나중에는 진정으로 개인과 인터넷이 연결될 때가 올지도."

우연이겠지만, 앉은 자리에서 스마트폰을 예측하는 이휘철의 혜안에는 혀가 내둘러질 지경이었다.

"……하하, 설마요."

"흐음. 설마 일부러 그러는 거냐?"

이휘철의 눈에서 웃음기가 사라지는 바람에 나는 흠칫했다.

"예?"

"……사람은 시대가 요구하는 수요에 따라 새로운 물건을 만든다. 나중엔 우리도 그 수요에 맞춘 물건을 만들어야 할 테지. 방금 내가 한 말을 농담으로 치부해 웃어넘긴다는 건, 기업인으로서 용납되지 않는 태도야."

그는 이성진에게만큼은 마냥 자상한 할아버지였을 뿐 이휘철이 이성진에게 꾸중을 하는 건, 전생에는 없던 일이었다.

'이제는 후계자에게 자신의 흔적을 남기고 싶은 걸까?'

이것 역시도 이번 생에 생겨난 변화의 기조이리라.

나는 꾸벅 고개를 숙였다.

"······잘못했습니다. 시정하겠습니다."

"흥."

이휘철이 입매를 비틀었다.

"너답지 않은 태도가 불쾌했을 뿐이다. 혹시 일부러 노망난 노친네 소리 취급한 게 아니라면 말이다만."

"······."

덧붙인 말이 의미심장했던 것은 차치하더라도 게다가 나에 대한 평가도 높아 보였다.

"어쨌건."

이휘철은 고개를 돌려 TV를 보았다.

TV에서는 김보성이 기자회견을 마치고 돌아가는 중이었고, 대변인이 나서서 기자의 질의응답을 받기 시작했다.

"저건 너와는 무관하지 않은 뉴스렷다."

"예?"

하마터면 움찔할 뻔했다.

"요즘 들어 조광 그룹의 아이들이랑 곧잘 어울려 다닌다고 들었다."

아, 그 이야기인가.

"아, 예. 그렇습니다."

그 자체는 사실이니 나는 부정하지 않았다. 사모는 '이러다가 사돈 맺는 거 아닐까 몰라'하며 나를 놀려 대기도 했고, '그 아가씨, 언제 한번 집에 초대하렴' 하며 놀리는 걸 이어 갔다.

"생각해 보니 의외구나. 우리는 조광 쪽 집안과 그다지 친분이 있는 사이가 아닌데."

"……이진영 형님이 소개해 주었습니다."

내 대답에 이휘철이 손바닥으로 턱을 쓸었다.

"흐음, 이진영이라면 네게 당숙이 되는 태환이의 장남 말이지?"

"예."

이휘철은 고개를 끄덕였다.

"슬슬 온도가 되었다."

"아, 예."

나는 물이 끓는점에 도달하기 전, 포트를 끄고 온수를 다기에 따랐다.

이휘철에게 배운 바, 물이 너무 뜨거우면 녹차는 자신이 가진 향과 맛을 잃는다고 했다.

아직 그 '적당한 온도'가 무엇인지는 모르지만, 나 역시도 너무 뜨거운 것보단 적당한 온도로 데운 쪽이 마시기 편하단 걸 인정하는 바였다.

"한 가지 물어보마."

이휘철은 내가 하는 양을 가만히 지켜보며 말을 이었다.

"네가 저들과 인연을 맺은 건, 운락정 이전이냐, 이후냐."

이휘철이 운락정에서 있었던 일을 다시 입에 담은 건 그날 이후 이번이 처음이었다.

"……이전입니다."

"그거 참 공교롭군."

이휘철이 빙긋 웃었다.

"마침 도깨비 신문이란 곳이 네가 투자해 지분을 쥔 곳이었더랬다. 더군다나 그 신문사의 대표라는 양반, 안면이 있더구나."

"……"

나는 이휘철 앞에 놓인 잔에 차를 따랐다.

"……그렇습니다. 도깨비 신문의 김기환 대표는 당시 운락정에서 저희와 자리를 함께하였습니다."

"내가 아직 사람 얼굴을 기억하는 건 무리가 없구나."

자찬한 이휘철은 향을 맡은 뒤, 녹차를 한 모금 마셨다.

"제법 잘 우렸다."

"감사합니다."

내 몫의 차를 따르고 있으려니, 이휘철이 툭 하고 물었다.

"그러면 네 운전기사와 별채에서 기다리고 있었던 구봉팔은 언제 알게 된 사이더냐?"

녹차가 바닥에 조금, 흘렸다.

"아니. 정확히는 이렇게 물어야겠지. 언제 그 존재를 알게 되었느냐, 하고."

"……."

곽철용 앞에서도 이러지는 않았는데, 그 한마디에 등골이 서늘해졌다.

이휘철이 찻잔을 내려놓았다.

"돌아가는 차에서 내 분명 너에겐 이르다고 하였지."

"……."

"그건 정치인을 건드는 일뿐만이 아니다."

이휘철이 담담하게 말을 이었다.

"예로부터 군자는 위험한 곳을 가까이하지 않는다 하였지. 사업가라면 응당 도전하는 일을 겁내지 않아야 하니 내가 좋아하는 말은 아니나, 이는 때때로 머리 한구석에 넣어두고 되새길 격언이기도 하다."

이휘철이 나를 지그시 쳐다보았다.

"사업상 결단을 해야 할 때가 아니라면, 우리 같은 사람은 신체적 위협에도 응당 대비를 해야 하는 법이다."

혼을 내려는 것은 아니었고, 그저 '어느 정도 그럴 가망이 있다'는 내용을 담담한 어조로 이어 갈 뿐이었지만.

"사람은 두 부류다. 과거에 얽매인 자와 현재를 살아가는 자. 조심해야 할 건 과거에 얽매인 자다. 그중 과거에 얽매여 있으면서 더는 잃을 것이 없는 사람만큼 한심하고 무서운 존재도 없지."

그 내용은 마냥 흘려들을 건 아니었다.

"내가 본 박상대란 그런 자였다. 과거에 얽매여, 잃을 것이 없는 자."

박상대와 면식이 있는 건가?

이제는 박상대의 이름까지 거론되고 있었다.

"사람이란 은연중 비슷한 사람을 가까이하기 마련이지. 조광의 조성광 또한 그런 부류이고. 아마 두 집안이 곧잘 어울렸던 건 둘의 정신이 비슷한 부류이기 때문일 것이야."

그것도 그는 조성광이 박상대의 가문과 오랫동안 인연을 맺어 온 사이임을 알고 있었다.

이것도, 내가 아직도 짐작하지 못할 삼광이 가진 정보력일까.

이휘철이 빙긋 웃으며 나를 보았다.

"너는 아직 그 구별을 하기엔 멀었다. 그러니 그에 따라 사람을 구별해 쓰는 것 역시 먼 이야기인 것이지."

"……."

여전히 아리송한 이야기였지만, 말하는 사람이 이휘철이다 보니 사이비처럼은 느껴지질 않는 이야기였다.

'물론 화자가 이휘철이 아니라면 노인네의 노망으로 생각했겠지만.'

이휘철은 그런 내가 재밌다는 듯 짓궂게 웃었다.

"예끼 이놈. 이 할애비를 왠지 사이비 도인 취급하는 듯한 눈이구나."

"그, 그렇지 않습니다. 그저……."

조금 찔리긴 했다.

"저, 할아버지."

"뭐냐."

"하지만 박상대는…… 잃을 것이 없는 사람이 아니지 않습니까?"

이휘철이 고개를 끄덕였다.

"일견 그렇게 볼 수도 있겠지. 살아생전에는 최갑철 의원의 예비 사위였고 여당의 지지를 받는 신진 정치인으로 기대가 높은 사람이었으니까."

이휘철은 후룩, 차를 한 모금 마셨다.

"하지만 그뿐인 자다. 지금 박상대에게 남은 것이 무엇이냐?"

"……."

"그래. 아무것도 없지. 목숨뿐만이 아니다. 이제는 그를 애도하는 자도, 그리워하는 자도, 전무하다."

이휘철이 냉소했다.

"박상대가 살아생전 품었던 가능성들, 그중 어느 것 하나 자신의 성취가 아니며, 그조차도 남이 떠먹여 준 것에 불과하다. 어쩌면…… 그가 언론에서 떠들어 대던 그 사생아를 만나 보았더라면 더 이상 과거에 얽매지 않고 앞을 향했을지도 모르나, 이제는 알 수 없지."

"……."

"제 피붙이가 생긴다는 건 철없던 시절과 결별하고 한 사람을 어른으로 만들어 주는 그런 것이니까. 뭐, 너한테는 아직 이른 이야기지만 말이다."

이휘철은 그렇게 말하며 껄껄 웃었다. 나로서는 웃을 일인가, 싶긴 했지만, 이휘철은 은근히 소시오패스적인 면모가 있으니 그러려니 했다.

"그래서 운락정 때는 이제 너를 네 나이에 맞게 살도록 해야 하는 건 아닐까, 하고 생각했다."

"……."

가슴이 철렁했다.

'그러면, 그때 나는 이휘철에게 회사를 빼앗길 뻔했단 건가?'

차려 둔 밥상을 뺏어 가는 것도 유분수지.

이휘철이 말을 이었다.

"하지만 좀 더 두고 보는 게 재밌을 것 같아서 내버려 두었다."

"……재미, 말씀입니까?"

"그래. 재미다. 너와 엮인 사람들이 변해 가는 모습을 보는 재미가 있더구나.”

이휘철은 끌끌 웃으며 차를 한 모금 마셨다.

“너는 살 사람도 죽이지만, 죽을 사람도 살리고 있으니 이는 퍽 재미난 일이 아니냐.”

“…….”

이쯤 하니 저 노인네의 비뚤어진 성격은 둘째 치고, 뭔가 초능력이 있는 건 아닐까 싶을 지경이었다.

다음 권으로 이어집니다

만렙닥터

13월생 현대 판타지 장편소설

리턴즈

인생 2회 차 경력직 신입
칼솜씨도, 인성도 '만렙'인 의사가 돌아왔다!

만성 인력난에 시달리는 흉부외과에 들어온 인턴
메스도 잡아 본 적 없는 주제에
죽을 생명을 여럿 살려 내기 시작한다?

"이 새끼, 꼴통 맞네."
"죄송합니다."
"잘했어!"
"네?"

출세만을 좇으며 살았던 전생
이렇게 된 이상 인생도 재수술 한번 가자!

무데뽀(?) 정신으로 무장한 회귀 의사
이제부터 모든 상황은 내가 집도한다!

南魔喜帝 남궁마제

문운도 신무협 장편소설

회귀한 뇌왕, 가족을 지키기 위해
정파의 중심에서 제대로 흑화하다!

세상을 뒤집으려는 귀천성에 맞서 싸우다
가족을 모두 잃고 제물로 바쳐진 뇌왕 남궁진화
마지막 순간 원수의 뒤통수를 치고 죽으려 했으나
제물을 바치는 진법이 뒤틀리며 과거로 회귀하다!?

남궁세가의 양자가 된 어린 시절로 돌아온 후
귀천성이 노리는 자신의 체질을 연구하다 기연을 얻고
회귀 전과 다른 엄청난 미모와 함께
뇌전의 비밀마저 알아내 경지를 뛰어넘는데……

가족들에게는 꽃처럼 사랑스러운 막내지만
적이라면 일단 패고 보는 패악질의 끝판왕!
귀천성 패려잡기에 나서다!